U0452187

商务印书馆(成都)有限责任公司出品

唐詩三論

诗歌的结构主义批评

［美］高友工 梅祖麟 著

李世跃 译

商务印书馆
The Commercial Press

目录

杜甫的《秋兴》:语言学批评的尝试　　1

唐诗的句法、用字与意象　　39
　一、导言　　42
　　(一)独立性句法　　42
　　(二)动作性句法　　44
　　(三)统一性句法　　47
　　(四)几个基本观点的预览　　49
　二、名词和简单意象　　55
　　(一)独立性句法的种类　　55
　　(二)诗中的具体性　　61
　　(三)简单意象的特质取向　　64
　　(四)性质的诗意作用　　69
　　(五)对具体性的重新探讨　　71
　　(六)英语诗歌中由句法表现的细节罗列　　77

（七）理论总结	88

三、动词和动态意象　　　　　　　93
　　（一）导言　　　　　　　　　　93
　　（二）静态动词　　　　　　　　97
　　（三）动态特征　　　　　　　　103
　　（四）拟人化　　　　　　　　　117
　　（五）小结　　　　　　　　　　119

四、推论和统一性句法　　　　　　121
　　（一）导言　　　　　　　　　　121
　　（二）连续性和句法统一　　　　124
　　（三）非陈述句式　　　　　　　125
　　（四）相对时间　　　　　　　　126

五、唐诗的语言　　　　　　　　　129

唐诗的语义、隐喻和典故　　　　　　137

一、意义和对等原则　　　　　　　139
　　（一）对等的定义　　　　　　　139
　　（二）作为对等关系的隐喻和典故　146

二、隐喻和隐喻关系　　　　　　　152
　　（一）类别和性质　　　　　　　152
　　（二）从含义和修饰到隐喻　　　156
　　（三）动词的中心性　　　　　　158
　　（四）暗含的隐喻和明显的隐喻　162
　　（五）隐喻的种类　　　　　　　166

（六）作为组织原则的对等　　174
　　（七）对等关系与抒情诗　　178
三、典故和历史原型　　184
　　（一）定义与范围　　184
　　（二）典故的结构　　185
　　（三）隐喻和典故的比较　　187
　　（四）整体性典故和局部性典故　　189
　　（五）作为原型的历史　　191
四、隐喻语言和分析语言　　195
　　（一）语言的对立　　195
　　（二）引申的隐喻　　199
　　（三）作为特征的时间与空间　　200
　　（四）雅各布森理论的重温　　204
　　（五）方法论总评　　213

跋/梅祖麟　　218
译后记　　233
新版译后记　　235

杜甫的《秋兴》：语言学批评的尝试

杜甫的《秋兴》是由八首七律构成的组诗,创作于公元766年(大历元年),即诗人五十四岁的时候。这组诗的语言显示了形成杜甫诗歌后期风格的各种特征,例如:词汇的丰富和语法性歧义的大量存在;通过音型的密度变化造成节奏上的抑扬顿挫;由于外在形式的含糊而使诗的意象产生复杂的内涵。总之,《秋兴八首》中语言的形式特征通过多层的联系,使全诗寓意深远、耐人寻味。我们的目的是通过对《秋兴八首》的分析,确切把握它的语言特征,研究杜甫是怎样运用这些特征去创造诗意效果;同时,这种分析也可以更准确地描述杜诗的特点,并能解释杜诗的风格何以在晚唐诗人中产生重要的影响。在着手分析之前,我们先介绍一下本文所要采用的分析方法。

大体说来,我们将采用的是语言学批评的方法,这种方法是与燕卜荪(Empson)和瑞恰兹(Richards)[1]的名字联系在一起的。除了语言的复杂之外,还有一些因素使《秋兴八首》成为理想的分

---

[1] 他们的主要著作有燕卜荪的《朦胧的七种类型》(*Seven Types of Ambiguity*,1930)和《复杂词的结构》(*The Structure of Complex Words*,1951);I. R. 瑞恰兹的《实用批评》(*Practical Criticism*,1929)和《修辞哲学》(*The Philosophy of Rhetoric*,1936);另外,我们还得益于诺思罗普·弗莱(Northrop Frye)关于韵律的著作,特别是《稳练的批评家》(*The Well-Tempered Critic*,1963)的第二章和弗莱的序及《声音与诗歌》(*Sound and Poetry*,1957)。

析对象。七律是唐诗中最严格的形式,它不仅要求诗人有强烈的自觉意识,而且要求读者具有持续的注意力。从杜甫的自述中,我们知道他曾不懈地追求诗的惊人效果[2],并以自己在诗歌技巧方面的成就而感到自豪。[3]杜诗的编年研究表明,在创作《秋兴》前不久,杜甫曾对不同体裁和风格的诗做过尝试。[4]这些背景材料都可以证明:作品的文字结构不仅是某个聪明的批评家的创造,而且应是作者有意识的安排,他正是希望藉此安排引起细心读者的注意。《秋兴》作为杜甫最长的一组七律,也同样具有这种特点,它异乎寻常的长度为语言学批评的实践提供了不可缺少的材料,而且,这种少有的形式也需要人们通过探究其内部结构去揭示它的组织原则。

一边是强调读者的直觉感受,一边是注重诗的文字结构,语言学批评正处于这两个标准之中。我们的批评方法将比后燕卜荪派(Post-Empsonian)早期开拓的语言学批评的领域略有扩大。为了纠正可能的直觉偏差,我们将详细讨论传统诗论中的观点[5],因为无论这些观点有何不足,那些论诗者毕竟在时间和文学习惯上更接近杜甫。因此,当他们中的绝大多数人观点一致时,我们的任务仅仅是指出在特定的语境中产生这种观点的语言特征;而当他

---

[2] "语不惊人死不休"(《江上值水如海势聊短述》)。

[3] "诗律群公问"(《寄沈八丈》);"晚节渐于诗律细"(《遣闷呈路十九曹长》)。

[4] 杜甫所试验的诗体有拗律、吴体等。关于杜甫诗歌的早期成就可参看叶嘉莹《杜甫〈秋兴八首〉集说》(台北,1966)。

[5] 叶嘉莹的《杜甫〈秋兴八首〉集说》收集了三十五家有代表性的传统观点。(此书已由上海古籍出版社增辑再版。下文所引不再注明页数。——译者)另外,还可参看《古典文学研究资料汇编·杜甫卷》(中华书局,1963)和《杜甫研究论文集》(中华书局,1963)。

们观点分歧又没有明显的证据可以平衡时,我们几乎可以断定那引起争论的词或句子具有内在的歧义。另外,我们还将对作品中那些产生作用的语言特征做出精确的描述,并使现代语言学的方法和研究成果付诸实践。为了再现古代汉语的语音模式,我们采用了董同龢的体系。[6]此外,乔姆斯基(Chomsky)对于表层语法和深层语法所做的区分对我们也很有启发,对此,我们将在稍后的论述中加以介绍。

本文所讨论的内容包括:音型、节奏的变化、句法的模拟、语法性歧义、复杂意象以及不和谐的措词。有时,如果诗的内在统一性要求某种较为间接的分析方法,我们也将使文学批评接受一些其他有益的东西,而不仅仅受文学理论的支配。

杜甫驾驭音型的能力是非常杰出的,他能通过改变音型密度以加快或放慢语言的节奏。在有限的范围内,音型的密集或不同音型之间的强烈对比,会使诗的内部出现分化。造成这种效果的根源在于:语音相似的音节互相吸引,特别是一行诗中出现几个相同音节时,它们便会形成一个向心力场;同时,如果一行诗中重复了前面出现过的音型,前后的相同音型也会遥相呼应。这两股力量无论是单独或共同发挥作用,都会为它们影响所及的诗行提供聚合力,并使这些诗行有别于其他诗行。相反,某些音型的缺乏,也会产生引人注目的效果。至于不同音型的并存,则会使人强烈地感受到它们之间的对比。

---

[6]《秋兴八首》的古音拟构参考了丁声树、李荣《古今字音对照手册》(科学出版社,1958),董同龢《中国语音史》(台北,1954),周法高《中国古代语法·构词编》(台北,1962)。

组诗第三首就是一个例子：

千家山郭静朝晖，
日日江楼坐翠微。
信宿渔人还泛泛，
清秋燕子故飞飞。
匡衡抗疏功名薄，
刘向传经心事违。
同学少年多不贱，
五陵衣马自轻肥。

构成第二联的两行音型完全一样，头两个字是双声，结尾两字是叠字，而且"信宿"/"清秋"都含有齿音；"泛泛"/"飞飞"都含有唇擦音，因此这被看作是双重对偶的范例。这两句的音型是/AA/ - - /-RR/，其中A代表双声，R代表叠字。这种音型稍加改变后也出现在第二句，只不过叠字被移到句首而双声被换成叠韵。此外还值得一提的是"翠微"和"飞飞"都是韵脚相同的音节，三对叠字之间相互作用。在第三行中，第四个音节"人"是以协韵的方式和第一个音节"信"相联系的，而在第四行中，这种联系是以同声的方式表现在"清"和"子"之间的。这里的分析是对前面提到的原则的具体说明，音型对应的密集使本诗的前半部分产生了很强的聚合力，以致于使它和全诗其他部分的联系变得次要了。

诗的后半部分的第一行中，前六个音节有五个是软腭鼻音（-ng），而在整个前半部分，软腭鼻音只出现三次。在这一行中，一、三、五三个音节都是由后腭音、后元音和软腭鼻音构成的音

(匡/抗/功)。相似音的规律的间隔重复便产生了节奏,而这里的节奏和前面提到的节奏已完全不同:前面是/AA/ - -/ - RR/,这里则是/R′ -/R′ - R′ - -/。

如果不能有助于诗歌的欣赏,音型的研究是没有意义的,因此,我们把第三首诗作为一个整体来重新考察一下。

诗的前四句描写的是诗人江边寓所周围的景观:江楼坐落在青山脚下,秋燕点点,渔舟片片——完全是一幅秋晨的静谧景象。渔舟的漂浮和燕子的飞舞中加入副词"还"和"故",给诗歌增添了一种淡淡的忧伤。[7]两夜后渔舟仍然在水面上漂浮,这个事实痛苦地暗示,诗人所乘的那只还乡的小船仍然羁泊未发。在这样迟暮的季节,燕子应该飞往南方了,然而,现在它们却迟迟未去,这些燕子任何时候都可以随心所欲地飞起,它们有意的淹留,似乎正是对身处困境的诗人的嘲弄。江上的景色也许是令人悦目的,但"日日"词在"泛泛"和"飞飞"的映衬下,更加引人注意,它显示了诗人每天坐在江楼上凝视江流的倦怠心情。[8]在这里,音型的作用很清楚,连续三次重复一个平衡结构,使人产生一种单调乏味的感觉。

如果说诗的前半部分的基调是一种带有厌倦色彩的平静,那么后半部分的基调可以说是激动不安的,而且是结束在失望的情绪之中。诗人提到作为儒家传统美德代表的刘向和匡衡,反映了诗人自己在独善其身和兼济天下两方面的失意。在这一点上,有几个音节的效果提醒我们注意到这种基调的变化:像 kong 这样的

---

[7] 参见叶嘉莹《杜甫〈秋兴八首〉集说》。
[8] 同上。

几个音节的间隔重复和软腭鼻音的密集排列传达了某种激动不安;前四句的语法节奏都是 4:1:2——很明显这也是产生单调感的一个因素——但在第五、六行中,节奏变成了 4:2:1;此外,在最后三行中,出现了三个被允许的平仄错误(刘、心、同、少、五、衣),这就破坏了我们对诗歌应有的韵律的期待,从而让我们感受到诗人的失望情绪。七、八两句,诗的注意力转向诗人昔日同窗所享受的荣华富贵,用副词"自"来形容他们高车轻裘的漫游,表现了诗人隐藏在艳羡之中的轻蔑态度。

  根据同样的原理,组诗的第四首中,音型的变化起到了划分内在诗节的作用。

> 闻道长安似弈棋,
> 百年世事不胜悲。
> 王侯第宅皆新主,
> 文武衣冠异昔时。
> 直北关山金鼓震,
> 征西车马羽书迟。
> 鱼龙寂寞秋江冷,
> 故国平居有所思。

  第四行是两种音型的汇合点。它的头两个音节"文武"是双声,与第三句头两个音节"王侯"(也是双声)相对;最后三个音节则准确地重复了第一句中最后三个音节的顺序;第一句与第四句的联系,又被一对完全相同和一对部分相同的音节进一步加强(闻/文和安/冠)。这些因素充分揭示了棋盘上的风云变化和宦海的沉浮沧桑之间蕴含的对比。

在诗的后一半,第五行是由两对连续的叠韵音节紧接一对双声音节组成,而最后一个音节又被下一行的第一个音节所重复(震/征)。这里,我们遇到了拟声词的情况,不是以单独的语音去拟声,而是在适当的上下文中以音型构成拟声:首先是来自北方的征召部队的一片金鼓声,然后是西征车马渐渐消逝的喧闹声,甚至词义都起到了表现声音的作用——"羽书"可以使人产生一种迅飞无声的想象,"寂寞"则意味着喧声的平息。到了诗的第七行,从第五行开始的力度渐强的趋势通过一个中介而转为渐弱,最后在悄无声息中归于平静——这是为怀旧的冥想积蓄力量的间歇。

组诗的第五首则以丰富的音型变化表现了杜甫驾驭语音的技巧。

蓬莱宫阙对南山,
承露金茎霄汉间。
西望瑶池降王母,
东来紫气满函关。
云移雉尾开宫扇,
日绕龙鳞识圣颜。
一卧沧江惊岁晚,
几回青琐点朝班。

除了五个韵脚,"扇"和"晚"两字也是协韵,这就使原有的格律完整性受到破坏;在一、二、四的韵脚音节之前,都有一个相似的音节。此外，即使是相异之处也是有规律的：所有的韵脚都是二等韵〔9〕和非圆唇的低前元音，而倒数第二个音节又都是一等韵和非圆唇的低后元音。五、六句也呈现出一种相似的构造形式，它们各有三对 - ng - n 的连续音节。还有许多第一音素的对应形式："宫阙"和"青琐"都是普通的双声变体；"降王母"中的 k - r - m - 则是"满函关"中的 m - r - k - 的颠倒；在"莱宫"和"露金"之间也有一种打破词界的不尽恰当的音素对应。这种音型变化多样的特点在第三联中表现最为突出。在上句中，两个协韵音节之后紧接两个同声音节，而在下句中却是连续三组同声音节。杜甫这种音型安排上的苦心，其用意是不难猜出的。在前四句，诗人极力想做的，是再现昔时的辉煌景象，各种音型的充分展示，正是对当年的壮观和繁盛的一种相应模拟。第五句"云移雉尾开宫扇"表现了一种令人欲罢不能的期待，紧接着，在声音和意义的两方面，全诗达到了高潮——"日绕龙鳞识圣颜"。

然而，即使在描绘唐朝鼎盛时期繁荣景象的前三联中，也有某些不祥的暗示。首先表现在第二联对仗的不严整，按要求，这一联应有更严格的对仗：

西望瑶池降王母，东来紫气满函关。

两个地名"瑶池"和"函关"没有相对，而分别与它们相对的"紫气"和"王母"，仅仅因为都是名词，才勉强构成对仗。再者，这

---

〔9〕 在等韵学中，所有的韵母按发音部位的高低被归纳为四种类型，一等韵舌位最低，开口度最大，四等韵舌位最高，开口度最小，其他可依此类推。

四个名词都带有道教那种淡乎寡味的神秘色彩,这样的搭配暗示了一种批评:唐王朝的衰落原因可以追溯到源于杨贵妃的腐败影响。这种暗示是通过"瑶池"和"王母"传达的(见叶书)。由此我们应对前面的结论做一点补充——音型的大量展示和在第三联中的过分密集曲折地表现出一种骄矜,这种骄矜预示了唐王朝式微的命运。

组诗第七首中二、三联中显示了某种不同音型组合:

> 织女机丝虚夜月,
> 石鲸鳞甲动秋风。
> 波漂菰米沉云黑,
> 露冷莲房坠粉红。

这首诗第三句有两点是很独特的:一是每个音节都含高前介音($-i$或$-j$),再一是全句没有一个音节是以鼻音结尾。前者虽然令人感兴趣,但并无特别的意义,作为所有三等韵和四等韵音节的共同特征,高前介音的应用是广泛的——在古代汉语中一半以上的音节都含有高前介音[10];而后者则不仅令人产生兴趣,而且很有意义。因为鼻音结尾的频率是相当高的。[11]而且在这组诗中,再没有任何一行缺少以鼻音音节结尾的诗句;同时,这首诗的韵脚是$-ung$,全诗第四句中有三个音节是以$-ng$结尾的(还有一

---

[10] 大约占62%,这个数字是在研究了73首不同作者的不同风格的古诗中3272个音节基础上得出的。

[11] 大约42%(根据同样的取样)。

个是以 –n 结尾),这三个音节中后两个的结尾音节和韵脚完全一样。于是,这一联的音型构成是通过一个例外的音型结构与主导音型的典型范例之间的对比实现的。在下一联中,值得注意的是第一个音素的安排。[12] 上句的前四个音节中有三个唇音,而对句中则在相同位置有三个以 l– 开头的音节与之相对(波漂菰米/露冷莲房)。两句的最后三个音节也是相互对应的。此外,同全诗的第四行一样,第六行也有三个以 –ng 结尾的音节(另外还有两个以 –n结尾的音节),这样我们又有了一个通过与前两行的多重联系而划分诗节的例证。

另一个被用来标志重点转移或主题改变的方法是语法节奏的变化。通常七言的节奏是 4:3(四个音节之后,稍停,然后三个音节)同时在第二和第四音节后伴有一个短暂的停顿,有时在第五或第六音节后还有个更短的停顿。这种情况在一、三联中几乎是没有例外的。所以当节奏变成 2:5 或 2:2:3 时(主要停顿出现在第二音节之后),就会产生惊奇或紧张的效果。在我们将要讨论的三个例子中,这种变化都发生在六、七句之间,其原因可以从格律诗的整个结构中找到。按照格律诗的要求,中间两联的结构必须对仗,这种严谨的文字和舒缓的语调使人联想到骈文或赋;在诗的两端,诗句的节奏连续流畅,更接近日常口语。第七行也是全诗的倒数第二行,这个地位使它成为表现新的张力的自然媒介,从而在诗的结句中表达出完整的意义。

组诗的第二首,就是一个很好的例子:

---

[12] 我们的分析采用了清朝学者周春的一些观点,见《杜诗双声叠韵谱括略》,《丛书集成》第 2594 册(上海,1936),161 页。

杜甫的《秋兴》：语言学批评的尝试

夔府孤城落日斜，
每依北斗望京华。
听猿实下三声泪，
奉使虚随八月槎。
画省香炉违伏枕，
山楼粉堞隐悲笳。
请看石上藤萝月，
已映洲前芦荻花。

第七句以前，诗人沉浸在深深的冥想之中，此时，对京城的向往，身处逆境的悲哀，致他颠沛流离的使命以及供职朝廷的岁月都和着远处悲凉的笳声，如梦境似的一一浮现出来。继之而来的"请看"二字包含了三个特殊的因素：读者不再是消极的听众，而是成为诗人直接谈话的对象；"请"是仄声，而它却处在一个平声的位置，语法的节奏变成了2：5。这时，幻觉消失了，先前映在"石上藤萝"的明月，现在已映照在"洲前芦荻花"上了。

在较大的语境中，月亮的移动象征时光的一去不回。[13]组诗的第一首以傍晚此起彼落的砧声做结尾（"白帝城高急暮砧"）；第二首以日落开头，经过笳声弥浸的黄昏，以明月高悬结束；而第三首诗则以清晨的朝晖开头（"千家山郭静朝晖"），这就是时间，一种通过模仿自然顺序而体现的实际时间。还有另外一种时间，一种可容想象任意翱翔的幻觉时间。这种自由也是通过句法表现出来

---

[13] 参见叶嘉莹书，所有的评论者都强调了这种时间的流逝。

的、一、三、六行所写的景物以夔府作为背景,而二、四、五行所写的是长安的情况,于是,在从日落到月出这几个小时的时间里,想象已在夔府和长安之间往返几次了。但这两种时间最终必然会发生矛盾,而矛盾一经产生,就会以各种方式揭开虚幻的面纱,这些方式包括人称的转换,节奏的改变和平仄的违例等。在诗中,矛盾是这样展现的:月亮移动所表现的时间是唯一真实的,在这段时间内,月亮只移动了很小的一段距离,而想象却走完了往返长安与夔府之间的路程;真实时间的流逝把月亮从藤萝带到芦荻,而想象时间的流逝,留给诗人的是一如从前的困境。

这种矛盾也把诗人带进对自己晚年,特别是困居夔府生活的第三次反省。另外两次一是第五首诗中第七行的"一卧沧江惊岁晚",另一是本诗第四、五两行,在回顾自己未能成行的使命和由于体弱不能赴京供职的往事中,诗人暗含了对自己年华虚度的强烈悔恨。彭斯的两句诗也许是本诗最好的注释:"明月沉入白色的波涛,我的岁月也在下沉,哦!"主题是相同的,痛苦的嗟叹都在诗的结尾得到强调,所表现的也同是情不自禁的慨叹。

所有这些因素——节奏变化、时间的流逝、主观的介入,在另两首的尾联中也有表现:

　　回首可怜歌舞地,秦中自古帝王州(《秋兴》之六)。

　　彩笔昔曾干气象,白头吟望苦低垂(《秋兴》之八)。

在这两个例子中,第七句的节奏都是2∶2∶3,而对句的节奏又同是4∶3,这就有了变化。通过"自古"以及"昔"与"今"的对比,读者的注意力被引向时间的流逝。"可怜"明确表现了诗人的主观态度;"白头"指的是诗人的满头银发;这些词和前面诗中的"请看"一样,把诗人眼下的境况展露无遗,从而破灭了对过去美好生活的幻觉。

到目前为止,我们的讨论一直局限在音型、语法节奏和模拟句法上。现在,我们应该看看诗歌中语法功能的另一个也是更重要的方面,即一联中的两句诗是怎样通过它们各自的语法结构互相影响的。

请看组诗第一首中的第三联:

丛菊两开他日泪,孤舟一系故园心。

这两句诗无论是看作两个并列的独立句子,还是看成一个连续的句子,都是可以读通的。[14]作为一个双向结构,第五句描写了一个场景及其相应的反应,它可有两种解释,其一,"他日泪"作为"两开"的宾语,这就产生了一个富有吸引力的丛菊形象,或许是把丛菊上的露水当作泪水,并最终真的和诗人的泪水融成一体;另一种解释是:"他日"既可指过去,也可指将来,因而这句诗不仅说明了诗人在夔府两年生活的不幸,而且表现了他对自己前途的悲观。[15]同样的语法歧义也出现在第六句中:一方面语法结构强调了滞留的孤舟与强烈的思乡感情之间的对比;另一方面又强调了

---

[14] 这种歧义在高本汉(A. C. Graham)的《晚唐诗歌》中有过论述(企鹅丛书,1965),20—22页。
[15] 见叶嘉莹书。

系泊的小船与困在船中的诗人这两种静止状态间的偶然联系。这就是歧义对句的第一个例子——对句中每行有两种不同语法结构,而且这种结构两两成对。

组诗第二首的颔联表现了另一种结构形式:

听猿实下三声泪,奉使虚随八月槎。

第三句是引用了一首渔歌:

巴东三峡猿鸣悲,猿鸣三声泪沾衣。

比较原始材料,可以看出,第三句的正常语序应是"听猿三声实下泪",换句话说,"三声"应和"实下"换位〔16〕,在杜诗中,"三声"似乎是在修饰"泪",使悲伤的情绪得到加强。但第四行又是正常语序,于是,这两句的结合就构成了我们所说的假平行(pseudo-parallel),即一联中的两行在词或短句的层次上存在着对仗关系,但在深层结构上则可能是不对仗的,如果把对句看作是双筒目镜,那么,歧义对句有两个焦点,而假平行对句则根本没有焦点。

我们之所以要对"歧义的"和"假平行的"对句做出界定,是因为在对句结构中这两种情况相当普遍。到了杜甫所处的时代,近体诗的发展已经显出这种倾向:为了取得表达的经济而省略语法因素,几乎每一首诗都有一两句带有语法歧义的诗行。这些诗行大多数对增强诗歌的效果很少或根本没有作用。但律诗的中间两

---

〔16〕 见叶嘉莹书。

联却是一个重要的例外,因为这两联都具有一种作用于词语的内在平行力场,如果其中的每联诗又含有同样的歧义结构,那么通过这种平行力场及其对句的相互呼应,诗的效果将会成倍地扩大。换句话说,对句作为一种结构单位,使我们努力去寻找那些使它的对称性得到最充分表现的各种解释,在这当中,平行的歧义现象是屡见不鲜的。然而正是在这过程中,我们也容易发现假平行的对句。如果一个对句经过反复寻找,仍不能发现对称结构,它就应该被看作是假平行。

因此,歧义和假平行往往是紧密联系着的。例如,在"丛菊两开他日泪"中,我们说"他日泪"能被看作"开"的直接宾语,这种理解可以从下句中得到认可:下句把"故园心"看成"系"的直接宾语是很自然的解释。但是,相信一个根据外在因素推衍出的结论等于说这个结论不具备内在的自然性。这种不自然就是假平行的标志。简言之,在这种情况下,假平行被平行力场转变成歧义性对偶,并以一种令人瞩目的意象产生特殊的效果。

虽然歧义性对偶和假平行形式上有很多相同之处,但它们在效果上的差异也是很明显的。纯粹的歧义性对句很少,它的诗歌效果也容易发现,而假平行的对句则相当普遍,这主要是由于近体诗语言在分类范围和语法结构上要求相当宽松。这种宽松所产生的结果——变化、不和谐、对比——很容易被对句中其他形式的对仗所掩盖。然而,当上下文特别有利时(像我们很快在第六首诗中所要见到的),这种假平行可以成为增强对句中上下句之间对比的有效手段。

我们所说的这种特定的对比是贯穿整首组诗的。一方面是过去的岁月,那时杜甫的个人命运和唐王朝的国运都处在巅峰,另一方面在现实中,两者都经历着不可逆转的衰败。因为过去的荣耀以长安为背景,而眼前的痛苦是和夔府相联系的,所以,今昔对比的同时,还伴有一种远近的空间对比。前面已经指出,音型和节奏的变化,其作用在于体现这些对比,而我们现在的任务则是指出歧义对偶和假平行对偶究竟怎样发挥同样的作用。下面先看看组诗第六首的第二联:

花萼夹城通御气,芙蓉小苑入边愁。

上联的"御气"和下联的"边愁"并列表现出明显的反讽;"通"的响亮与"入"的低促所形成的听觉上的对比,进一步提供了不和谐因素。这些因素构成了可使假平行最充分发挥效用的有利条件,而要了解这一段平行的构成要素,则需要做一点语法分析。

上联的语序是正常的,无需多加评论。下联中动词"入",或者不带宾语,或者带一个地点名词作间接宾语,或者像使动词一样带一个假拟宾语(见叶书),换句话说,这一行诗应是从下面某一种形式中引出的:

1. 芙蓉小苑边愁入
2. 边愁入芙蓉小苑
3. 芙蓉小苑使边愁入

第三种选择带有这样的暗示:作为皇室荒淫奢侈的象征,芙蓉小苑削弱了边防——这种暗示与整个组诗的基调相当一致。三种选择中,只有第二种容易和上联相对:"御气通花萼夹城/边愁入芙蓉小苑",但按原来的语序,上联的意义已很清楚,无需做这样的改动。由此我们可以得出结论:这一联是假平行,它通过这种不和谐暗示了并非事事尽如人意。

至此,我们似乎可以对前面已出现但没有解释的"深层结构"下一个定义:一个句子中的语法关系包括表层结构和深层结构两部分——只有后者是与语义解释直接联系的。举例来说,刚才讨论的这句诗中有一个短语结构,作为表层结构的一部分,这个短语结构大致是这样的:"芙蓉小苑"是名词性主语,"入边愁"是它的动词性谓语,其中"入"是动词,后接名词"边愁"。但值得注意的是,即使这种短语结构被固定,仍有产生多种语义的可能,因为通过不同的变化,不同的潜在句子都可以推衍出这种短语结构。比如,如果我们选择了第一种句式,所涉及的变化是动词与紧接其后的名词互换;如果是第二种选择,互换的是动词两边的名词;而按照第三种选择,则是删去"使"并把"入"同"边愁"互换。[17]

我们现在可以以更精确的形式再现前面所做的定义。为了简洁起见,我们把一个诗行(L)中的潜在结构(S)和它体现在(L)中的变化形式归在一起,并以 S 标志。那么,歧义对句中,每个诗行(L 或 L')都至少有 S 和 S'作为它们的来源;在一个假平行的对句中,L 和 L'则各有自己的来源,S 为 L 的来源,S'为 L'的来源。

经过这样一个理论阐述之后,让我们再回到第六首诗的颈联上。在这一联中,体现着繁华与萧条双重意象的形式特征,正是我

---

[17] 参见乔姆斯基《句法结构》(1957)、《句法理论的各个方面》(1965)和保罗·波斯泰尔(Paul Postal)的《深层与表层语法结构》(*Harvard Educational Review*, xxxiv,1964)。

们所说的语法歧义性。

珠帘绣柱围黄鹄,锦缆牙樯起白鸥。

"珠帘绣柱"指的是大约位于京城东南曲江边上的宫殿,"锦缆牙樯"则指的是曲江上游弋的龙舟。这里所表现的繁华和典雅,无疑是昔日太平盛世的象征。每一句前一部分是固定的,但它与其他部分的关系并不确定。当把两句诗分别作为一个完整连贯的句子读时,强调的是昔日的繁华:富丽堂皇的宫殿形成一个环形的建筑群,把戏水的黄鹄都圈在里面;五彩缤纷的桅帆,令人眼花缭乱;皇帝及其侍从们的喧闹,把白鸥惊得飞向天空。在这种理解中,"围"和"起"是当作及物动词使用的,"起"原是一个不及物动词。而把每一句诗作为两个并列的独立成分时,同样的诗句就产生出完全不同的效果,荒凉破败的宫殿和龙舟,如今成了黄鹄的栖身之地和白鸥的驻足之所。在这种解释中,"围"和"起"又被当作不及物动词,这两种解释前人都曾提出过。[18]把这两种解释结合起来,我们发现,除了同一张底片的两次曝光使今昔对比格外强烈鲜明之外,前后两张照片所产生的效果并无差异。

在结束第六首的讨论之前,有必要对这首诗做一个总体的把握,作为进一步的分析,我们再来看一下第一联:

瞿塘峡口曲江头,万里风烟接素秋。

---

[18] 见叶嘉莹书。

这里重复了在"孤舟一系故园心"中出现过的一个很有效的表现手法。上联中的瞿塘峡在夔府的东面,而曲江则位于长安城边;杜甫身在夔府,神往长安,这种对比同"孤舟"与"故园心"的对比是相同的,这两句诗中的双向结构是以句法模拟空间的分离。但同时两部分之间的联系则是通过内在韵律表现的。"孤"和"故"位于词头[19],"口"和"头"位于词尾,单独读时,动词"系"和"接",本身都有连接的意义,但在上下文中,它们指出了一个有讽刺意味的事实:语义上的联系恰恰代表现实中的分离。正是由于孤舟被系,杜甫才不能回到他渴望已久的故乡;正因素秋连接着万里风烟,才使诗人从夔府赴长安的愿望成为泡影。"万里风烟接素秋"一句强化了表现力量,"万里"是两地距离的夸张说法;"风烟"是"烽烟"的同音词,后者是战争和骚乱的传统象征,也是造成分离的最普遍的原因。有几位前代的诗评者在这句诗中发现有盗匪和叛乱的含义[20],这种观点为我们所说的"联系"提供了直觉的基础。

联系的观念在下一联("花萼夹城通御气,芙蓉小苑入边愁")中,通过"入"和"通"再次体现。根据诗人对阔别家乡、远离京城的满腹牢骚,我们希望表示联系的词能有某种积极的含义,然而,这希望落空了,因为"入"的是"边愁"。在下一联("珠帘绣柱围黄鹄,锦缆牙樯起白鸥")中,则有更加强烈的对比的并列。这种双向结构表现了分离,而在上下文中,这是过去和现在之间的分离,奢华的龙舟和宫殿如今已成为黄鹄、白鸥的栖息之地,而它们旧日的主人却不知飘落何方。

---

[19] 这一点已被周春注意到了,见注[12]。
[20] 见叶嘉莹书。

从形式的角度来看,第六首诗可以大致地反映出语法关系在诗中的诸种表现,即一、三联中的双向结构,第二联的假平行,第三联的歧义和第四联中语法节奏的改变。从象征作用而论,这首诗则表现了由盛而衰的静态对比。第一联所传达的,仅仅是一种忧郁的情绪;到第二联,迫近的灾难已经不容忽视;在第三联中,我们看到了当年皇都的繁华与今天萧条残败的并列,但是,即使在这一联作者仍保持缄默,这种态度是通过手法的含混——语法的歧义——表现出来的;最后,尾联中的"可怜"二字,才把作者的态度表露出来。全诗所传达的情绪,是怀旧的眷念和遗憾的责难——怀念那太平盛世的繁荣,责难那使这一切烟消云散的昏庸。确切地说,作者这种特定的含混态度在"可怜"一词中就可以找到简捷的表现:在唐朝,"可怜"既可解作"怜悯",又可解作"可爱"。

接着船的意象带着反讽的对比,表现在第七首诗中:

昆明池水汉时功,
武帝旌旗在眼中。
织女机丝虚夜月,
石鲸鳞甲动秋风。
波漂菰米沉云黑,
露冷莲房坠粉红。
关塞极天唯鸟道,
江湖满地一渔翁。

昆明池的修建是为了训练水军的。这里,汉家水军所体现的尚武精神,被用来批评唐朝宫廷的萎靡。"在眼中"三字正中要害:汉武帝的水军仍然依稀可见,唐朝的军队却形影杳然。

第一联中"汉时"和"武帝"的出现,使汉、唐两代之间的鲜明对比达到高潮。组诗第二首中第四行的"八月槎"暗指的是奉武帝命出使西域的张骞,它带有这样的含义:张骞的使命,为汉朝外交征服史写下了崭新的篇章;而作为杜甫的庇护人,严武却没有完成使命。第二首诗的第五行的"画省香炉"说的是始于汉代那种为当朝百官熏染官服的仪式(见叶书)。第三首中的匡衡和刘向也是汉朝的杰出人物,是诗人渴望效法而终不能企及的榜样。第五首中有两处更直接提及武帝:第二行中的"承露金茎"是指武帝所立的承露盘;第三行"西望瑶池降王母",据说这是武帝曾经见过的情景(见叶书)。但是,当这些典故仅作为原始事件被提到时,其时代特征并不明显。到了第七首,随着"汉时"和"武帝"名字的明确提出,那种别具匠心的比较意义才豁然明朗。在每一个方面——军事实力、行政管理、建筑成就、道义上的勇气和对传统的忠诚——汉代都远胜于杜甫时代的唐朝。在唐的全盛时期与汉的黄金时代的联系中,过去显得更加遥远,而它壮丽的事业则变得更加迷人。

第二联中的意象是复杂的,所谓复杂,是指与一般意象相比,它有两点重要的不同。一个意象,不论是简单的还是复杂的,都有三部分:语言媒介、客观指向、主观意旨。在简单意象中,语言媒介通常是一个名词短语或一句中的某个成分,语言媒介同客观指向、主观意旨的联系是一对一的、媒介所表现的意象同时带有某种情感或情绪。简言之,勾勒简单意象的作用范围是很容易的。一个复杂意象则是由较大的语言单位(一个完整的句子)表现的,媒介的扩大造成这样的可能:不但句子中各种因素间呈现出交叉的联系,而且整个句子的客观与主观意旨间的关系也变得错综复杂。

正是以这种方式,那些意象随着其内在复杂的程度而获得相应的隐晦意义。

第三行中的"织女"既指昆明湖边建于汉朝的一尊石像,也间接指织女星,传说织女每年可以与丈夫牛郎会面一次,第四行中的石鲸,也是一座石雕,与织女像遥遥相对,它又是风雨雷电的司神与先兆(见叶书)。"石鲸鳞甲"在秋风中的"动",通过自然现象与人间世事的偶然联系,为日渐迫近的巨大的灾难发出警告。隔着银河,织女遥对的是牛郎;她的石像隔着昆明湖却和石鲸相对。牛郎是织女的希望所在,而石鲸却篡夺了牛郎的位置。织女既是远在天上,又是近在眼前,因为那空空织机和鳞甲是微小的细节,只有靠近时才能看清。希望对于受天条禁锢的织女是何等空虚,就像织机一样空虚,但是她仍然像石头一样坚定而富于忍耐,一等就是五百年。也许我们应该说正是这无休止的等待使她心灰意冷,最终变成了石人。传说中王母许诺的重聚是即将到来,还是像这秋夜一样虚渺?织女也看见那常常把诗人的目光引向首都方向的北斗吗?当被延误的"八月槎"启航之后,它又将漂向何方?是漂向模拟银河的昆明池——那里织女石像守着空空的织机坐着,还是漂向真正银河——那里明亮的织女星在徒劳地等待着?

这些复杂的效果,从声音和语法方面获得了切实的强化。前面已经分析过,这首诗的主要音节是-ung,第三行("织女机丝虚夜月")整句没有以鼻音结尾的音节,而第四行("石鲸鳞甲动秋风")却过多地集中了这种音节,并包含了-ung的内在韵律。这种相反的情况与这两行诗各自所传达的情绪正相吻合:第三行是以语音的异常表现更为绝望的情绪,第四行则通过主要音节的密集,产生了一种令人不适的特殊力量。语法作用在这两句中也有表现:第三行的结构相当简单,"夜月"作为表示时间的副词,修饰整个句子,"织女机丝"是名词性主语,"虚"是它的形容词谓语。第四行的"动"有多种用途:它可作不及物动词,也可作使动词,或在首尾两个名词("石鲸、秋风")互换后作使动词。这使"石鲸鳞甲动秋风"的意象产生了含混的意义:是鳞甲在秋风中摇动?还是鳞甲使秋风拂动?或者是鳞甲被秋风吹动?其中第二种解释之所以成立是因为石鲸被认为是一个超自然的精灵。当然,对仗的要求规定了这里必须排除两种使动的理解。然而,就像一个精明的律师所提的某些问题一样,无论是坚持还是反对这种理解,它们都会给人留下难以磨灭的印象。

下面一联的明显不对仗使我们有兴趣探究其中意象的内在复杂性。

波漂菰米沉云黑,露冷莲房坠粉红。

这两行的最后三个音节只有以"(沉云)黑"和"(坠粉)红"的方式分析最为自然,于是加强对仗的尝试引出了以下的几种可能。

    五 六 七 五 六 七
(i)(沉 云)黑 /(坠 粉)红
a 低垂的云是黑的/坠落的粉是红的
b 黑得像低垂的云/红得像坠落的粉
(ii)沉(云 黑)/坠(粉 红)
a 沉黑云/坠红粉
b 云彩低垂且云色昏黑/粉珠轻坠而粉色鲜红

在(i)a中第五、六两字是主语,第七字是谓语;在(i)b中,第五、六字是第七字的名词性定语;在(ii)a中,第五字是用作使动词的不及物动词,第七字是第六字的后置定语;(ii)b则是中枢性结构。这些可能性,当有选择地同前面的成分结合起来时,可以构成不同的意象,在这些意象中,几种意义因为都体现了相同的色彩和动作而彼此混合。水波黑似沉云,水中的菰米也黯如云黑[21],或许这黑色应归咎于映在池中的黑云?当秋风吹过水面,水波起伏使菰米与乌黑的沉云融为一体,花萼上的秋露使莲花感到一丝凉意,几许残红飘落在昏黑的水中。

至于这联诗的含义,过去的评论家一致认为它为昔盛今衰的戏剧性对比提供了更多的细节,虽然他们在如何实现这种对比的问题上观点不一致。有人认为,诗句所写的是昔日长安的繁荣景象,食物的丰富使人们不愿采集菰米和莲子;另一些人则说这情景发生在今天的长安,残破凋敝的城中几乎无人能去采集菰米了。[22] 后一种解释似乎更为合适,因为紧接着我们就可以看到相应的形式特征:缺少应有的语法对称而产生的不和谐,具有一种纷乱无序的意味;所指对象的隐晦更增加了由声音和措词表现的窒息气氛。我们前面已经分析过这联的音型构成,它的两句之间有五组对仗的音节,第六行一下出现五个鼻音结尾的音节。诗也像音乐一样,和谐的过分集中会令人腻烦的,这一句的情况正是如此。运用"红"、"黑"这样色彩强烈的词进一步暗示那种趋于腐烂的过熟。然而,这仅是措词作用的一个方面,此外,四个有助于表现忧郁的

---

[21] 这两种不同的理解基于两个不同的典故,见叶嘉莹书。
[22] 见叶嘉莹书。

动词交织在色彩鲜明、意象丰富的文字之中。"漂"不仅表现了水中菰米的随波起伏,也暗示了诗人那种到处漂泊的不幸命运[23];"冷"既是莲花的感觉,也是诗人内心深处的体验;"沉"和"坠"都是明显表现衰落的词。总之,这一联所描绘的是荒凉破败之中的繁盛遗迹,这一点和组诗第六首五、六两句所表现的意蕴并无二致,尽管它们所运用的手段略有不同。

措词的不和谐是杜甫后期诗风的主要特征[24],关于这一点,我们可以提供更多的例子:

露冷莲房坠粉红(《秋兴》之七)

玉露凋伤枫树林(《秋兴》之一)

这两句的相似之处是不难发现的,露是半透明的,莲花和枫叶是红的,半透明的露珠映在红色的背景上,描绘出一幅光彩照人的美丽画面。玉是冷的,"凋伤"中意味着残破,"坠"中蕴含了衰败。于是,前后两幅图景的尖锐对比,以其暗淡的色彩展现了一片隐喻衰亡的秋色美景。

画省香炉违伏枕(《秋兴》之二)

"画省香炉"抓住了唐代朝阁奢侈安逸的重要特点——在尚书省的

---

[23] 在杜甫同时写的另一首诗《咏怀古迹》中,有这样的诗句:"漂泊西南天地间。"

[24] 参见冯钟芸《杜甫〈秋兴八首〉的艺术特点》(《杜甫研究论文集》三辑)。

墙壁上,画着历史上的杰出人物,侍者为当朝的官员燃香薰衣——这里,措词上从视觉和味觉两方面产生强烈的感染效果,而"违伏枕"则仅仅表明身体欠安,措词上缺少对感官的那种感染力。类似这种一句诗前后措词的对比,在第六首第四句也可以看到,虽然对比不太强烈。

芙蓉小苑入边愁(《秋兴》之六)

"芙蓉小苑"创造了一种皇室所特有的慵懒气氛,但"入边愁"则立即把注意力从这种踌躇满志的心境中引出来。最后,再看第八首中的一个例子,杜甫用它继续缅怀自己昔日的荣耀。

香稻啄余鹦鹉粒,碧梧栖老凤凰枝。

即使不分析该联的语法和意义,仅从措词上也能看出它内在的不和谐。"香稻"、"鹦鹉"、"碧梧"、"凤凰"都带有某些舒适的感性特征,色彩的鲜艳、声音的悦耳、气味的怡人、姿势的优美,但"老"和"余"则可能引起一种随着美的消逝而必然产生的悲哀情绪。

在整个组诗中,措词的不和谐具有如此自然的效果,是有其内在根源的。这组诗的题目叫"秋兴",传统上,秋天是令人悲伤的季节,这时,各种生命纷纷凋亡。从盛唐起,诗人们就习惯于运用七律这种体裁,在宫廷宴饮、游山玩水和良辰佳节之际唱和酬答——杜甫用这种体裁写秋天,第一次独具匠心地使七律成为表达个人强烈感情的工具。所以,"秋兴"在形式上继承了词藻华美的时尚,同时,它的主题又需要带有忧郁色彩的词藻进入诗中,每一个词的存在都有其自己的理由,它们的碰撞就引发了词与词的尖锐矛盾,正是这种矛盾形成着杜甫后期的七律作品中忧喜参半的特点,并使其他的作品也受到影响。

我们回头看看第七首的尾联:

关塞极天唯鸟道,江湖满地一渔翁。

这首诗的意象发展很有条理:首联的昆明池和旌旗是大型的物象,颔联中的织机和鳞甲已经是较小的物象,颈联中的菰米和莲蕚则更加微小。这种细节渐趋变小的倾向产生了一种错觉,如同摄影机逐渐逼近被摄物一样,最后,仿佛观察者和对象非常接近,以至于他可以感到坠露的清凉,闻到落莲的芳香。然后,镜头突然拉开,形成了一个包括天地山水的全景,这时,色彩渐渐淡化,嗅觉和触觉也消失了。也许人们期望这种视野的拓展会伴随着一种松弛的感觉,但恰恰相反,第七句中的关塞被描绘成高耸入云而只有飞鸟才能越过的通道,这就不能不产生一种压抑,并进而导致了医学上所说的"幽闭恐怖"。于是,我们又遇到"形式上的联系代表了实际的分离"这个暗含在第一首诗中的命题:

江间波浪兼天涌,塞上风云接地阴。

不仅是国势的危险,甚至地理特征也通过故意的联系,共同促成了诗人孤独的境遇:水波接天,风云连地——现在"关塞"也直插云际,这种压抑的情绪不仅被两个限制词("唯"、"一")所强化,又被连自由的飞鸟也只有一条通道的悖论所强化。

第八首诗的影响,贯穿于整个组诗。双向结构是现实分离的缩影:在分支的一端,我们看到的是开阔的景象和相互的联系(江湖满地),另一端,展现的却是形影相吊的孤独和微不足道的渺小(一渔翁)。一个渔翁坐在小船里,这种船的意象在整个组诗中有着特殊的作用。在第一首诗中,它是以羁绊了诗人回乡之心的小舟形象出现的,以后随着它的每一次重现都伴随着绝望的加深:那只"八月槎",把诗人带到了目前这种无所作为的孤独之中;皇室的龙舟,曾经那样欢悦而奢侈地漂游,如今却成了水鸥栖息的地方;汉武帝的战船恍惚眼前又觅之无影。而"渔翁"则是第三首中"渔人"的呼应,我们已经看到,那条渔舟已经漂浮两夜了,所以这里的再现有一种痛苦的暗示:诗人将永远被困厄在孤独寂寞之中了,而在天高地远、光阴如梭的宇宙悲剧中,这种命运实在微不足道。

几个结构型的共同作用,使第五到第七这三首诗组合成一个次级单位,因而,在每首诗各自传达的效果之外,还有一个总体结合的效果。我们先来看看这三首诗的中间两联:

五	六	七
西望瑶池降王母,	花萼夹城通御气,	织女机丝虚夜月,
东来紫气满函关。	芙蓉小苑入边城。	石鲸鳞甲动秋风。
云移雉尾开宫扇,	珠帘绣柱围黄鹄,	波漂菰米沉云黑,
日绕龙鳞识圣颜。	锦缆牙樯起白鸥。	露冷莲房坠粉红。

稍加注意就可以发现这十二句诗的节奏型都是 4:1:2,而且结尾三个音节的结构也一样:动词 + 形容词 + 名词。节奏和语法结构的重复是令人倦怠的,这种倦怠则可以产生梦幻。再者,这三首诗的

颔联都有一些视觉形象,它们按照诗的顺序越来越小或越来越精细,由第五首中的"雉尾"、"龙鳞",到第六首中的"锦缆牙樯",再到第七首中的"菰米"和"莲房"。这样,如果把五至七这三首连续地读下去,我们对具体事物的感觉会逐渐生动起来。同时,如果我们把这三首诗作为一个连续的系列来读,我们会经历另外两种过程。一是亮度的逐渐减弱:第五首第六句中提到了光彩四射的太阳,而且在这首诗中,我们的视野相当开阔,使人联想到阳光灿烂的天空;第六首第二句中出现了万里风烟;而到第七首第三句和第七首第五句中,天空已被阴云所笼罩。二是沿着同样的顺序,随着意象的复杂化,寓意也变得晦涩起来。这种晦涩与前两种印象加在一起使读者感到一种沉溺梦境的含混与清晰的交织。然而,随着黑暗的加深而越发沉重的压抑表现了从盛到衰的发展过程:第五首歌颂了显赫至极的皇威;到了第六首,太平盛世的气象已染上了不安和骚动;第七首则把荒凉和绝望联系到一起。一句话:梦境越是美好,这梦产生的效果就越坏。

我们再看看第五至七首的最后一联:

五	六	七
一卧沧江惊岁晚,	回首可怜歌舞地,	关塞极天唯鸟道,
几回青琐点朝班。	秦中自古帝王州。	江湖满地一渔翁。

这里我们又遇到三个错综句法的例子。所谓错综,就是在一个短暂的分离之后,又回到原来的主题。第五首诗的主题是昔日在朝廷和首都的荣耀,而第七行突然离开主题,回到现实当中,第八行则催促诗人去追回那快要失去的记忆;第六首诗又恢复了梦幻的

内容,全诗的重点也从现在转回到悠闲安逸中的朝廷,第七句用一种包含评价的感叹,再次打破了自欺的幻觉,而第八句又回到了"帝王州";在第七首中,错综句法是以这样的形式出现的:一至六行描写昆明池及周围的景物,第七行写山与关塞,第八行再回到水。因为每次回忆过程中断后的恢复都需要更大的推动力,所以第五至第七首诗作为一个整体,传达了一种维持梦境的印象,这是一个重建昔日的兴盛而顽强努力的梦想,但是,这种梦想总是在最后一联,被诗人清醒面对的严酷现实所破灭。

在第八首也就是最后一首诗中,那些用以掩饰现实的、精心构制的美梦终于在一连串幻灭的打击下被彻底放弃了。

> 昆吾御宿自逶迤,
> 紫阁峰阴入渼陂。
> 香稻啄余鹦鹉粒,
> 碧梧栖老凤凰枝。
> 佳人拾翠春相问,
> 仙侣同舟晚更移。
> 彩笔昔曾干气象,
> 白头吟望苦低垂。

在第一联中,四个地名的密集运用暗示了强烈的怀旧情绪——这些地名都使人想起长安附近的著名景观。第二联则是混杂句法的最好例证,从中可以分辨出三种潜在结构[25]:

---

[25] 这一联作为诗歌语法讨论的主题,最早出现在宋朝,参见叶嘉莹书。

A. 香稻啄余鹦鹉粒,碧梧栖老凤凰枝。
B. 香稻鹦鹉啄余粒,碧梧凤凰栖老枝。
C. 鹦鹉啄余香稻粒,凤凰栖老碧梧枝。

在 A 中,所有成分都保持原状,"香稻"是名词主语,后接一名义上谓语,这个谓语"啄余"是和鹦鹉共同修饰"粒"的;B 不同于 A 的地方仅在于它是把"鹦鹉啄余"作为一个整体来修饰"粒";在 C 中,鹦鹉成为名词主语,其他成分都是动词性谓语。相似的情况也出现在下一句中。至于该联的意旨,有两种差别很小的不同观点。赞同 A、B 解释的人认为:这一联是想要表现过去繁荣和安宁,剩余的香稻显示了土地的丰饶,凤凰——作为一种高贵的鸟,它对栖息地的选择是十分苛求的。这里,它是高尚之士的象征——能够满足地终生栖息在梧桐树上。这说明当时的国家被一位明察秋毫的贤君治理得非常好。[26]而选择 C 的人仅仅是变换了强调的重点:像诗人以自己的诗歌给人带来欢乐一样,用歌喉给人以愉快的鹦鹉得到了很好的赡养;而凤凰作为一种譬德于君子的鸟,已经找到了自己理想的栖息场所。[27]在下一联中,一段难忘的插曲闯入了对往事欢慰的回忆之中:美丽的姑娘们为准备春天的礼物,正在拾集翠鸟的羽毛,诗人和他的朋友们,聚集在小船中,乘着夜色泛舟而去。

如果没有破碎的句法和不连续节奏的破坏,诗人那种使自己

---

[26] 这是一种主要的观点,见注[25]。
[27] 同上。

沉溺于回忆的努力很容易成功。但在我们为第二联提出的三种潜在结构中,无论哪一种,其表层结构都是由四个不相连的成分构成(香稻/啄余/鹦鹉/粒)语法节奏都是2:2:2:1。圆唇后元音的出现进一步强调了这种不连续的节奏,除了最后一个以外,所有的偶数音节的结尾都有一个 –o 或 –u。

第八首诗作为一个整体也具备发音不连续的特点,这种特点通过与第五至七首的比较可以很好地显示出来。在那三首诗中,第一联有一种不对称的节奏:上句是4:1:2,下句是4:2:1,或者相反;而二、三联中全都是4:1:2的节奏。首联的不对称的现象引起了一种前趋的运动,而二、三联的一致性则通过增加一种周期性的节拍支持了这种运动,两者结合所产生的催眠效果毫不费力地把人带入一种不断深化的梦境。第八首由于它的每联都有一种对称的节奏,而且每联的节奏又独具特色,这就使整首诗被划成四个自足的单元;又因为第二联和第四联的第二音节后各有一个重要的停顿,所以对第八首诗来说,发音的暂停不仅出现在联与联之间,而且出现在每一联之中。从整个组诗的上下文看,这几个不连续作为一种滞动力量,在全诗完满结束之前,减少了它的前趋运动,具体到第八首诗,它们则传达了这样一种印象:诗人已经心力交瘁,而且在失望的折磨中,他也不想搜集记忆的碎片了。

自欺的努力所蒙受更大的打击体现在措词方面。第四行中的凤凰,作为一种神鸟,已经不言而喻地表明:这幅美丽的图画所描绘的一切只能存在于想象之中。如果这景色出现在秋天,那么还可以自欺欺人地把它当作现实,但第五行中的"春"字,就使这种伪装彻底剥去,与之相对的"晚"则使岁月的流逝更加显现。第七行中的"彩笔"暗指江淹梦中所得的神笔,读者一旦了解了这个典故的意义,也就不难意识到:诗人昔日的荣耀是附丽在更为遥远的旧日梦幻之上的。这种意识的醒悟,使诗人和读者都无法继续停在那介于梦幻与现实的恍惚世界中。因此,随着"今"与"昔"对比所产生的决定性的一击,梦境像气球一样彻底破碎了,把满头白发的诗人留在翘首凝望和低头沉思的痛苦之中。

关于《秋兴》的整个结构,特别是那些实现统一性和多样性的语言特点,仍然可做更多的叙述。因为前面已经讨论过这些特点中的主要部分,下面这个鸟瞰式的分析也可以看作是一个总结。

整个组诗以第三首为界分作两个部分:前三首以今日的夔府为背景,后四首则侧重于昔日的长安。中间以第四首作为过渡,它是以一种循序渐进的方式实现这种过渡的:由今日的夔府到今日的长安,再由今日的长安到昔日的长安。诗用"闻道长安似弈棋"开头,"闻道"二字表明诗人是身在夔府而转述着道听途说的有关今日长安的消息,而结尾"故国平居有所思"则平稳地进入了后面的回忆。

我们也应注意每首"夔府诗"中对长安或明或暗的影射和"长安诗"中对夔府的暗指。这两个地点互相照应,贯穿全组诗。这是重要的统一原则。另外,它还把我们的注意力引向杜甫不幸遭遇的根源:虽然他身在夔府,可总是神往长安;虽然他沉溺于回忆,但现实的困境却不时地萦绕着他。正是这种自我的分裂意识,造成了那种弥漫全诗的忧郁情绪并为整个组诗提供了基本的张力。

整个组诗因为地理原因被分成两部分,这正反映了诗人饱经忧患的空间分离。因此,诗中任何一个仅对局部起作用的统一因素,都不能不对全诗产生更大的分裂效果,因而也产生更剧烈的辛酸,这就使我们想起下面这些情况,它们是以某些方式表现为次级结构的构成原则:前三首诗分别带有表现傍晚、深夜和次日清晨的词语,这种时间系列在这三首诗中产生了一种聚合力。五至七首诗则是以多种方式达到统一的:前三联中,视觉形象的排列顺序是相同的,都是生动程度逐渐增强的,节奏安排也是相同的;在最后一联中,出现了错综句法;当三首诗作为一个系列整体看时,其中有由明到暗和由盛到衰的发展过程。按照唐朝历史,这种由盛到衰的过程,也就是由古及今的时间过程,所以,时间的流逝就成为诗人不幸的又一根源,这根源被诗的结构两次模拟:一次在第一到第三首诗中,一次在第五至第七首诗中。

《秋兴》组诗的高潮应在第七首而不是第八首,这一点不太引人注意[28],但这里有令人信服的标志。在第七首诗中,不仅每联都强烈地表现了各自的主题,而且四联合在一起,包含了整个组诗的全部基本主题。汉、唐之间的逐点对比在第一联达到顶点;第二联则在宇宙与人生的纷扰中表现了绝望的主题;过去的繁荣和今天的衰落间的对比在第三联得到展示;而第四联所表现的是以联系代表分离的矛盾现象和那不幸的小舟意象。所以,当第八首诗继续那种对往事的回顾并占据了全组诗结尾的位置时,它所表现的只是一种感情枯竭后仍然坚持的执拗努力;其中许多不连续音节正好揭示了那颗被困扰的心灵中疲惫的活动。从结构上说,第八首诗正像一部音乐作品的结尾,而对于《秋兴》来说,第七首诗已经是它的高潮,而第八首诗所造成的"反高潮"(anti-climax)适于表现挫折与绝望这样主题性情绪。

---

[28] 钱谦益关于第七首诗的评价值得注意:"今人论唐七言长句,惟老杜昆明池水为冠,实不明此诗所以佳。"见叶嘉莹书。

杜甫作为中国最伟大的诗人之一的地位是不可动摇的,我们无意改变这种广为接受的观点。但是,他为何如此伟大,这个问题还需要考虑。过去,他的伟大之处被认为是知识广博,对于当时事件细致入微的描写和他对皇帝的忠诚不渝以及强烈的爱国精神;在当代,还有人提到了他对苦难民众的怜悯。学者们为维护这些观点花费了惊人的精力,他们为此而搜集的证据足以使一切反对意见无法成立。我们所要做的唯一证明是,这些根据论点预设的标准,无一例外地都不是诗歌自身的内在尺度。归根结底,诗是卓越地运用语言的艺术,根据这个内在标准——创造性地运用语言并使之臻于完美境界,杜甫的确是一个无与伦比的诗人。我们希望,这个语言学批评的实践能为这种评价提供一些证据。

唐诗的句法、用字与意象

我们的研究对象是唐代的近体诗。在这篇包括导言和三个主要部分的文章中,我们最关心的是近体诗艺术形式的构成因素,即词和句子。在每一首具体的诗中,这些因素如何组成一个统一的整体是我们在下面的研究中将要探讨的问题。在《诗学指南》之类的书中,我们所要讨论的问题都被归入词法、用字和意象的范围。为了突出意象构成中句法和用字的作用,我们将改变通常的习惯,把这些问题同时加以考虑。于是,本文所面临的问题就是:某些特定形式的诗行经常出现在诗中哪些地方?这些诗行的作用是构成独立意象,还是使各种意象统一起来?它所构成的意象是静态的还是动态的?句法和用字是如何影响诗中意象的?它们又怎样构成各种不同的意象?

导言部分除了解释本文何以划分为三个主要部分,还包括了其他一些问题。实际上,它是一个自成体系的论文缩样。其中,我们将概述本文及下一篇文章的主要思想,对于所涉及的各种观点,我们都选择一个理论代言人,他们是:T. E. 休姆(Hulme)、恩斯特·费诺罗萨(Ernest Fenollosa)、苏珊·朗格(Susanne Langer)和恩斯特·卡西尔(Erneat Cassier)。我们并非完全赞同他们的理论,他们之所以被选为代言人,是由于他们往往表现出的过激态度能够对某种基本观点做出最有力的表述。

从某种意义上说,我们所研究的唐诗,只是一些具体的作品而不是整个唐诗,换句话说,在分析近体诗的各种因素时,我们是把词和句子从诗中提取出来加以研究的。为了弥补不可避免的人工痕迹,我们将在导言中对杜甫的《江汉》做一个细致的分析,其目的在于:一方面说明应用于本文的休姆、费诺罗萨、朗格和卡西尔的那些观点,另一方面则显示在一首具体诗的有机结构中,词和句子是怎样共同发挥作用的。〔1〕

一、导　言

(一)独立性句法

在题为《衔接之力》(Articulate Energy)一书中,唐纳德·戴维(Donald Davie)讨论了三种句法理论。第一种理论把句法看作非诗性因素,它以 T.E.休姆为代表:

> 如同代数学一样,在散文中,具体事物包含在按一定规律活动的符号和代码之中,没有任何形象化的可能性……人们

---

〔1〕 在本书中,引诗后面的数字,指中华书局1959年出版的《唐宋诗举要》的页数,例如"浮云游子意"(457)中的"457";如引例为该书未收,则在数字前加上"CTS"的标志,它是指中华书局1960年出版的《全唐诗》(Complete T'ang Poems)。

只能在这个过程的终结把 X_3 和 Y_4 还原成物质事物。而诗,无论从哪个方面都可以看作是在努力避免散文这种特征。它不是迥然不同的语言,而是一种具体可感的语言,它是一种完整地传达感觉的直观语言,它总是企图抓住你,使你不断地看到物质事物,阻止你滑向抽象的过程,它选择新鲜的名称和比喻,倒不是因为这些名称和比喻新鲜而人们又不喜欢旧的,而是因为旧的词语不能表现物质事物而且会成为抽象的代码。诗中的意象不是藻饰而是直观语言的精华。诗是一个领你散步的漫游者,而散文则是把你送到目的地的火车。(戴维,摘自休姆《沉思者》[*Speculations*])

如果不用比喻,休姆的意思似乎是:在散文中,词由句法组成不断复杂化的集合体,因此,词与词的联系是首要的,词与具体事物的联系是次要的。句法产生的前趋动力,催迫人们从句子的开头读到结尾,从一个句子到另一个句子,从而使阅读变成抽象的过程。诗是与直观相联系的,它的目的就是在人们面前不断展现物质事物。它是通过直观的具体形象并以缓慢的节奏实现这个目的的。因为句法的作用恰恰相反,所以它是非诗性的。

补救的办法是完全取消句法。埃兹拉·庞德(Ezra Pound)的诗《在地铁车站》就是一个突出的例证,这是一首意象派的诗:

> 人群中这些幽灵般的面孔;
> 湿漉漉的黑色枝条上的许多花瓣。

这里,句法作用被降到最低限度,意象是静态的,而且两句诗中的比喻都是一个名词短语。

在张继的《枫桥夜泊》中也可以看到相似的情况：

> 月落乌啼霜满天，江枫渔火对愁眠。

这两句诗由六个连续的短语构成，其间没有任何连接，它充分证明了休姆的观点。特别值得一提的是："江枫"和"渔火"两个名词完全处于独立状态，它们各自传达了一种具体的视觉印象。在这方面，它们和"湿漉漉的黑色枝条上的许多花瓣"颇为相似。

随之而来的问题是：在什么条件下，一个名词或名词短语能够独立存在，并由此成为一个简单意象的媒介？这是本文将要涉及的一个问题。

（二）动作性句法

第二种理论把句法看作运动，这是以费诺罗萨为代表的：

> 所有的真实都必须在句子中表达，因为它们都是力的转移(transference of power)。闪电的光芒就是自然界的句子，它在乌云和大地之间进行传递。自然中没有一个过程能少于两个因素，自然界的所有过程都是如此，光、热、化学亲合力、人的意愿都具有这种共同特征，即都要进行力的再分配。其过程可以这样表示：

从某物　　传递　　到某物

如果把这种转移看作某个施动者自觉或不自觉的动作,那么上述公式可改为:

  施动者　　动作　　动作对象

在这当中,动作是整个过程的关键,施动者和动作对象仅仅是限制因素。

在我看来,汉语中正规的和典型的句子和英语一样,所表现的也是这种自然的过程。它由三个必要的词组成,一是施动者或发出动作的主语,二是某个动作的活动,三是动作的对象。例如:

  农夫　　春　　米

汉语中及物动词句和英语省去小品词的及物动词句一样,完全适合于这种自然运动的普遍形式。它使语言更接近于事物,而且,它对动词的依赖,把所有的言语都组成为一种戏剧性诗歌。(戴维,引自费诺罗萨《作为诗歌媒介的汉语书面文字》[*The Chinese Written Character as a Medium for Poetry*])

注意一下这两种理论的明显对立,是很有趣的。休姆主张从诗中取消句法;费诺罗萨则十分重视句法。休姆的理论,当庞德第一次把它付诸实践时,强调的是物质事物的静态性质;费诺罗萨则被自然界中的动态过程所吸引。

费诺罗萨进一步认为:英语中"非诗性"的不及物动词,在诗歌中,只要可能,都应转变成及物动词。实际上,这在中国诗中是很常见的。例如,王安石《泊船瓜洲》中的名句"春风又绿江南岸",其中,"绿"就被转化成使动词了,即一个静态动词(stative verb)被用作及物动词。英语中,可以把"白"、"黑"作为及物动词使用,但"绿"却不行,这是一个不幸的偶然。这句诗的"非诗性"句子形式应是:"春风又使江南岸绿了。"原诗的词序完全符合费诺罗萨的规定:施动者——动作——动作对象。

我们也应注意:"绿"既包含了动作,也包含了随之而来的生动情状。这就是休姆与费诺罗萨的结合。因此,有必要对费诺罗萨的理论略加修正,把他对因果动作的分析扩大为包括四个因素:施动者"春",动作"绿",动作对象"江南岸",接下来还有情状"绿"。另一个需要修正的地方是:费诺罗萨强调了"使役"的观念而忽视了时间与变化的联系。在上例中,时间不仅暗含在使役动作中,而且通过时间副词"又"得到加强——"春风又绿江南岸"。此外,在前面所引的张继诗中,正像"江枫"和"渔火"并列暗示了它们在空间的并存一样,"月落乌啼霜满天"则传达了时间的概念。如果把它变为"落月啼乌满霜天",时间的尺度就被完全取消了。由此可见,虽然不及物动词句被费诺罗萨认为是"非诗性的",但它在诗中仍有重要的地位。

我们对费诺罗萨的讨论并非意味着对他的怀疑,相反,这正说明对他所提问题的重视。这问题就是:诗中的动态意象是怎样构成的?这是本文将要讨论的另一个问题。很明显,休姆与费诺罗萨之间的矛盾实际上并不那么尖锐,静态与动态有时可由同一首诗的不同部分加以传达,如张继的那两句诗;而同一句诗也可以既表现具体的视觉形象,又以同样的形式再现自然中力的转移,如王安石的那句诗。

(三) 统一性句法

第三种观点是由苏珊·朗格提出的,她认为句法作用是和音乐相同的。

> 尽管诗的材料是语言,但是重要的不是词所表达的内容,而是这些内容的构成方式,它包括声音、快慢节奏、词的联系所产生的氛围、或长或短的意念序列、包含这些意念的瞬间意象的多寡、由纯事实引起的幻觉或与由刹那幻觉联想到的熟悉事实所造成的意外吸引、一种有待于期待已久的关键词加以解决的持续歧义所造成的字面意义的悬而未决以及统一的包罗万象的节奏技巧。(戴维,引自朗格《哲学新解》[Philosophy in a New Key])

这段文字中的关键是"统一的包罗万象的节奏技巧",这种对统一性的强调与休姆的观点截然相反,休姆理论的重点是片断意象及其潜在依据——独立句法。此外,朗格还认为:"所有的音乐都创造了一种虚幻时间的序列,在这个序列中,音乐的声音形式在相互联系中运动——总是而且仅仅是相互联系,因为不存在任何其他因素。"(《情感与形式》[Feeling and Form])虽然朗格没有表述清楚,但她也许会同意。诗与音乐在两个重要方面是颇为相似的:第一,诗是形式的或是包含了很强的形式因素的。正如音乐的声音形式在相互联系中运动一样,在文学作品中,由句法和韵律构成的语言组合也是在相互联系中运动的。第二,诗也能创造出一种虚幻时间的序列,这是通过文字组合的规模和复杂程度的变化,通过强加给它们的一种整体组织表现的。杜甫的《江汉》可以说明朗格所谓"统一的包罗万象的节奏技巧"的观点以及句法在产生这种节奏的过程中所起的作用。

> 江汉思归客,
> 乾坤一腐儒。
> 片云天共远,
> 永夜月同孤。
> 落日心犹壮,
> 秋风病欲苏。
> 古来存老马,
> 不必取长途。
>
> (491)

这首诗的句法有一种从最少的连续向最多的连续过渡的趋势。一、二两句各有两个并列的名词短语,中间没有任何联结;三、四句中出现一些句法连接,"天共"和"月同"是两个连动词短语(coverbal phrases),而且每句各有一个修饰性谓语:"远"和"孤",它们自然隶属于主语。但这两句的句法是混杂的,同动词(coverb)一般应在宾语之前——即"共天"、"同月",但在诗中,这种顺序被颠倒了。[2] 这两句诗是歧义的:第三句的意思游移在"一片浮云像天

---

〔2〕 参见王力,《汉语诗律学》(上海,1964)中关于这种句法的讨论,182页、256页。

那样遥远"和"天空下,我的心和片云一样万里飘游"之间;第四句则有"长夜和明月分担着孤独"和"长夜里,我和明月同样孤独"两种解释。

混杂句法和多种语义阻碍了自然的流畅。五、六句中没有词序的颠倒,因而典型地表现了五言诗中常见的那种连续感。七、八两句最为流畅,其原因有二:其一,前三联都是两两平行或假平行的结构——平行使得句法运动局限于循环往复之中,而尾联的两句却不是平行的;其二,尾联是一个流水对,"老马"既是第七句的宾语,又是第八句的主语。这样,在全诗的四联中,表现了从最不连续到最连续的级差变化,同时节奏频率级差变化也是由句法实现的。

(四)几个基本观点的预览

相对于前面讨论的级差变化,《江汉》还表现了另外一种渐性变化,即在诗的进展过程中,随着推论力量的加强,出现了意象效果的降低。一、二两句不论是分开还是合在一起,都表现了这样的意象:一个远游的思乡者,一个渺小的身影,消失在浩茫的天地之间。这幅画面持续到三、四句中,这时,远空的片云和长夜的明月都陪伴着孤独的游子。由此可见,在诗的一至四句中,感染力主要来自简单意象的情状对比,即"永夜"和"天"的巨大与"月"和"片云"的渺小之间的对比。五、六句中包含了两个较弱的意象("落日"和"秋风"),但它们已不是单纯的描绘而是开始了陈述。七、八两句则清楚地表达了一种推论:"古来存老马,不必取长途","不必"二字使推论的力量得到最强烈的表现。月、云、天空和长夜都属于自然现象,而否定和需要则属于逻辑范畴,当一个句子用了"不必"时,它就不再是描绘而是断言;它需要的不再是与意象相对应的想象,而是与断言相关的赞同或否定。根据恩斯特·卡西尔在其《语言与神话》中发展的理论,我们将语言分为两极:意象语言和推论语言。用我们目前的例子来说,《江汉》的前四句属于意象语言,七、八句属于推论语言。

意象与推论,连续与不连续,这是两种基于不同标准的划分。前者回答的问题是:词语表达的意义是什么以及如何理解这种意义,也就是说,这意义是感性的还是概念的?后者所回答的则是:词语表达所产生的句法节奏如何。事实上,这两种区分经常是相互联系的。如果一句诗中的句法作用极小,那么,它的节奏很可能是不连续的,而且它的意象作用也会相应地增强;如果一个推论要指出它所包含的各种构成部分之间的关系,它就不得不具备更复杂的句法组织,这就会立刻削弱具体词语构成意象的能力,并使句子充分保持一种更为连续的节奏。

在《江汉》中还可以看到另外两种渐变过程。

一、前四句完全是空间联系,时间第一次含糊出现是在第四句,即"夜"所指的时间,但"永夜"一词则使这时间被永恒性所掩盖了。五、六句对时间有了明确的强调:

落日心犹壮,秋风病欲苏。

"落日"和"秋风"显示了时间的流逝,"犹"和"欲"作为副词,使诗人对前途的希望与畏惧更加明显,它的含义是:我的心仍然健壮,但可能不会长久了;我虽然仍在病中,但很快将要痊愈(回想一下前面例子中使用时间副词"再"的情况)。最后一联主要是以其连续的节奏传达了时间意义,同时,"古来存老马"的表述,把时间从眼前和未来又扩展到过去。

二、第一联的描写态度是非常客观的,是一种无人称的语气。第二联的语气则介乎主客观之间,第四句有两种不同的解释:"永夜和明月分担着孤独"或者"在长夜里,我和月亮都感到孤独",第三句也同样是歧义的。第三联就清楚地表现出主观的语气;"心"、"病"都显然指的是诗人,"欲"和英语中的"will"一样,既表示"意志",也指"将来"。到了最后一联,诗人的主观声音,通过"不必"的强调,作为一种推论被明确地表达出来了。

因此,这首诗包含了四对相关的渐进过程:

| 意象的 | 非连续的 | 空间的 | 客观的 |
| 推论的 | 连续的 | 时间的 | 主观的 |

由于这四个过程都传达了相同的意义指向——因而可以被看作一个整体,尾联推论的统一作用就值得特别注意。从第一句到第六句,诗给人的印象是不连续的,其原因是多方面的:各自对称的三联,是互无联系的独立单位;由四个名词短语构成的一、二句中,短语之间也无任何连接;第四句的"永夜"之后,紧随了第五句的"落日",从而排除了任何符合自然顺序的连续法则。因此,我们从前三联中所得到的是一个片断式的意象系列,从具体的部分来看是生动的,但缺乏整体综合。对于一首成功的诗来说,具备有机的整

体性是首要的原则,在这首诗中,这种统一性是通过最后两句的推论作用实现的——"古来存老马,不必取长途"。"古来"二字含有在四至六句中引入的时间概念,"老马"是诗人自己,即那个身病心壮的思乡腐儒的谦称,"长途"则是对一至三句所表现的空间分离的回应。"老马不必再登长途"再现了五、六句中暗示过的希望与畏惧。所以,当推论以连续的节奏贯穿尾联时,它就把那些分离的意象与这些意象所反映的主题连为一体,换句话说,尾联的推论传达了一种涵盖全诗的整体感。

当谈到艺术作品内部关系时,我们经常是就以下两个意义来讨论的:"有主要部分之间规模较大的联系,也有次要部分之间规模较小的联系——或者换句话说,既有较大的、也许是较远的审美对象之间的联系,又有相邻的审美对象之间的联系。因此,我们要区分两种审美形态:构架(structure)和肌质(texture)"。[3]在近体诗中,"构架"的单位往往是"联"或联中的"句"。从某种意义上看,下面所提到的都是近体诗的构架原则:律诗的中间两联,就语言来说是意象的,就节奏来言是非连续的,而尾联则采用了推论语言和连续性节奏。近体诗的最后一句或一联,常常不是简单陈述的语气,而是疑问的、假设的、感叹的或祈使的语气,这些语气的作用是表达诗人的心声并使诗言有尽而意无穷。时间和地点常在诗的开头提及,并随着诗的推进,主观语气逐渐取代了客观语气。

在诗中,肌质是词语间局部的相互影响——这曾是燕卜荪理论的主要对象。例如,在《江汉》中,第一句中的"一"和第四句中的"孤"之间的关系就是肌质关系;同样,第三句中的"远"和第四句中

---

[3] 门罗(Monroe C. Beardsley),《美学》(Aesthetics,纽约,1958)。

的"永"也是如此。

　　肌质可以产生构架,例如,在"月落乌啼霜满天,江枫渔火对愁眠"中,单个的词产生联系,这种联系反过来又使那些单个词局部组织起来。"月落"、"乌啼"、"霜满天"由黎明前的事件和独立的及物动词句(或假及物动词句)确定了时间,而时间反过来又使这些事件确定了位置;"江枫"、"渔火"作为江边、江中的事物和并列名词,展开了虚幻的空间。这空间反过来又使"江枫"和"渔火"联系起来。当说到一、二两句的关系时——即一是时间,一是空间——我们是就构架而言;当我们描述时空关系是如何产生时,则是从肌质的角度而谈的。

　　上述这种肌质关系可以在任何诗中找到例证,除此之外,唐代近体诗还以其词汇分类而著名,它使一联中上下两句中相应位置上的措词受到严格的规定。这些词类有天文、地理、草木、禽兽、人伦、器用、颜色、数字等等。由于这种分类,任何一首诗中的单个词,不仅与其他词相互影响,而且也表现出它所属的词类,近体诗的主要情趣正在于此。"腐儒"和"思乡客"属人物类,"月"、"云"、"天"、"日"属天文类,"日"、"夜"、"秋"属时间类,"江"、"汉"属地理类等等。词类是一种奇特的肌质,其中单个词之间的关系超出任何具体诗的范围,但就它体现了一联诗中词的相互作用而言,我们仍把它看作肌质。

　　构架和肌质不是本文所要讨论的主要问题。本文中,我们将把注意力集中在不大于一联而常常是小于一句的单位上,它们是构成诗的最小组成部分;而构架和肌质是使之结合成为有机整体的形式。

　　以下的研究顺序和上面的简要分析一样,首先从具有诗性作用的最小的语言单位(名词或名词短语)入手,然后逐一分析修饰性句式(名词后接静态动词)、不及物句式、及物句式等等。这种由简入繁的分析过程,实际上是按照前面勾勒的四个渐进过程进行的。同时,在讨论中还将相应地增加另外一些需要考虑的因素。

在对杜甫《秋兴》的分析中,我们把文学理论变为具体的批评,并试图辨别这组诗中所有相关的语言特征,指出它们所产生的诗性效果。当然,这种研究方法不无局限,在缺少理论的情况下,任何现象都是无法弄清楚的。但是,类似《秋兴》的这种研究,其中心目的在于阐释诗歌本身,把它牵扯到冗长而复杂的理论探讨中似乎是不合适的。因此,当面前的课题要求我们对各种理论表明态度时,我们很难详尽地说清何以持此态度的内在根据。单个文本的阐释——对《秋兴》而言,则是由八首七律构成的组诗——则有更大的相对局限性。正如诺思罗普·弗莱最近所指出的:"它(阐释批评)仅仅是阐释一个又一个作品,很少注意连接不同作品的任何较大的结构原则"。[4]因为弗莱所说的"较大的结构原则"含义不清,我们从他的论述中提取一个有用的观点:任何一个既定时期、流派或风格的诗,都是由那些反复出现的特点赋予特色的,不论是单个的诗句还是具体诗作的整体组织都是如此。正是这些特点把共同类别中的不同情况联系起来了。在下面的研究中,我们将试图表明:就词和句子的层次而言,这种特点在近体诗中是很普遍的,我们还将简要勾勒关于其诗性功能的理论。

---

[4] 诺思罗普·弗莱,《批评之路》("The Critial Path"),载于 *Daedalus*(1970年春),272页。

二、名词和简单意象

(一)独立性句法的种类

本节的中心问题是:在什么样的句法条件下,名词或名词短语能够获得独立效果并成为简单意象的媒介。

但首先,我们得注意两个有利于独立的非句法条件。其一,除了最后两句,近体诗的每行都构成一个独立的单位,当两行组成一联时,独立性就更强;对句的形式总是阻碍诗中内在的前趋运动并引起两句中对应词之间的相互吸引。其二,七言诗中的主要停顿位于第四音节之后,次要停顿位于第二音节之后,五言诗的主要停顿则在第二音节之后。因此,出现在五、七言诗句首的双音节名词,凭借这些节奏特征,已经获得了某种程度的独立。律诗中前六句的所有双音节词都说明了这种现象:

> 江汉思归客,
> 乾坤一腐儒。
> 片云天共远,
> 永夜月同孤。

　　　　　落日心犹壮，
　　　　　秋风病欲苏。

　　独立的句法条件可以归为三类：当一个名词或名词短语紧接另一个名词或名词短语时，这是不连续的情况；当一句诗中并存了两种或更多的语法结构时，这是歧义的情况。不连续是由于语法因素太少，而歧义则因为语法因素太多，两者都妨碍了诗中的前趋运动。第三类称之为错置——当一句诗中的词序被打乱，或者在本来应是自然流动的诗句中插入一个短语，这些都是错置。我们将看到：这些句法条件可以通过不同的组合方式并存在一句诗中，但它们往往互相交错，界限并不太清楚。

　　最简单的不连续是一句诗中除了名词别无其他成分，例如《江汉》的首联。在读第一句时，有两种自然的读法：一是把"江汉"看作地点条件，"在江汉，一个思归客"；一是把"江汉"看作"思归客"的前置定语，"一个江汉的思归客"。虽然这两种读法都很自然，但我们还是应该抵制这种倾向，而最有效的办法就是按照这句诗的本来面目加以理解：两个名词的并列，使我们获得了两个简单意象，同时又产生了这两个意象之间的尖锐对比，即两条浩瀚的河流与一个渺小的人影之间的对比。

　　在"两水夹明镜，双桥落彩虹"（459）中，有一种通过肌质获得的隐喻关系，而对这联诗的意象分析，则使我们获得四个意象。需要指出的是：句法的不连续性有助于简单意象的构成。当两个有力的视觉形象并列时，它们常常产生更深的关系，这些关系主要是相似和对比。而当我们增加一个语法因素（如"被"）以使整个诗句更加连续时，单个名词的意象效果就会马上降低，同时使两个名词之间的关系变得简单起来。

单独由名词构成的诗句还有:"鸡鸣茅店月,人迹板桥霜"(CTS6741);"柔桑垂柳十余家"(618);"柳湖松岛莲花寺"(613);"葡萄美酒夜光杯"(786);"一片孤城万仞山"(796)。有时,一个名词可以和它的修饰成分自成一句:"寥落古行宫"(779);"绿蚁新醅酒,红泥小火炉"(778);"半朽临风树,多情立马人"(778)。在后一种形式中,既是名词短语,又独立成句,这种地位使诗句获得了双重的独立。从某种意义上说,这种诗句应是庞德《在地铁车站》的不祧之祖。

上面讨论的是异常句式,即一般不会在散文中出现的句式。然而,即使是相当规范的句式,仍可实现某种程度的独立。

落日心犹壮,秋风病欲苏。

前一句包含了相似和相反两种情况:"虽然我的心已如落日,但它仍然强壮";"我的心不像落日,它仍然强壮"。第二句也可以做同样的解释:"虽然我的病已如秋风,但它会很快痊愈的";"我的病不像秋风,它会很快痊愈的"。这种句法是名词与名词相接("落日","心","秋风","病",前面,我们把这种情况称之为非连续性),而且"落日"和"秋风"是独立意象,这两点对于上述的双重对比来说是重要的因素。

从语法角度来看,"落日"和"秋风"是时间条件。在唐诗中,时间和地点往往有明确的标志:"妾住在横塘"(758),地点由动词后的名词表示;"夜来风雨声"(758),"秋来山雨多"(757),时间由"来"前的名词表示。在另外一些例子中,时间或地点表现在句首,而且具有一定的独立性;"细雨鱼儿出,微风燕子斜"(CTS2455),"大漠孤烟直,长河落日圆"(435),由于这种结构十分多见,它成为简单意象的丰富源泉。

当名词短语既是地点条件又是全句主语时,歧义现象就介入了非连续性之中。在"白云明月吊湘娥"(810)中,人们弄不清到底是白云明月在吊唁湘娥,还是某人在白云明月之下吊唁湘娥。这种歧义产生的部分原因是由于"明月"和"白云"被从句子的其他部分分离出来了。在《江汉》的颔联中,非连续性、歧义和错置三种情况同时出现:

片云天共远,永夜月同孤。

由于这三种情况只是我们前面所述内容的不同提法,所以这里的讨论将简单一点。在这一联中,正常的语序被两个动词("共"和"同")与它们的宾语("天"和"月")的颠倒所破坏,除了阻碍行文的流畅外,这种错置加强了分离的效果;反义词"同"和"孤"正好相对,于是,句子被分裂成相对的两部分,"永夜"/"月","同"/"孤"。后者表现了这样一种痛切的事实:在广袤的天地间,诗人的伴侣只有一轮孤月。值得提醒的是:恰恰因为"永夜"和"月"是简单意象——即通过其意象力产生独立性的名词——"同"和"孤"的对比才获得了它所能达到的最大限度的独立。

错置的其他一些情况就不太有戏剧性,但并非不重要,倒装就是其中之一。在"柳色春山映,梨花夕鸟藏"(CTS1278)中,宾语("柳色"、"梨花")的倒装使之获得了更大的独立性。在"葡萄美酒夜光杯"中,倒装也起了作用,因为"葡萄美酒"实际上是下一句

"欲饮琵琶马上催"中"饮"的宾语。当一个名词或名词短语插入句中,从而切断原有的流畅时,会产生另一种错置。"黄沙百战穿金甲"(792)中,"黄沙穿金甲"是连续的,但这种连续被"百战"所打断,所以"黄沙"是独立的。在"明月松间照,清泉石上流"(422)中,插入成分是"松间"和"石上"两个地点名词。另一个例子是李白诗《送友人入蜀》中的两句:"山从人面起,云傍马头生"(458)。这里,同动词短语"从人面"切断"山"与动词谓语"起"的联系。于是,我们首先注意到的是独立的单音节词"山",而后,随着分析的深入,我们才意识到:这个旅人站在一个很高的位置上,以至于他的脸与山处于同一水平线。

还有一种更复杂的错置,它所涉及的倒装成分不只是单个的名同或名词短语。

> 泉声咽危石,日色冷青松。(425)

第一句可以读作"泉水在危石上汩汩作响",但这种读法不正确,因为地点条件通常出现在句首而不是句尾;它也可以当作使动句来看:"危石使泉水发出汩汩的声响",若照此解,原句的词序应是"危石/咽/泉声",所以这种读法也不对。这句诗在一瞬间传达了三种独立的感觉——泉声,危石的形象,汩汩声响的动觉——三种感觉以某种不确定的方式联系着。与此相似,第二句由阳光、冷和青松组成。至于究竟是阳光冷了青松,还是阳光在青松中变冷,或是青松冷了阳光——这个问题是无法回答也无须回答的,因为我们的注意力完全集中在意象上了。在另一联结构相同的诗"乱云低薄暮,急雪舞回风"(CTS2403)中,构成因素之间的关系是联合的而不是因果的或空间的,我们所得到的是乱云低垂、薄暮已降的感觉和雪花飞舞的生动意象。

歧义句法最著名的例子也许是杜甫的两句诗:

香稻啄余鹦鹉粒,碧梧栖老凤凰枝。(589)

对这联的句法有两种不同看法,一种主张这是隐含系动词的平衡句式,"香稻是由鹦鹉吃掉的部分和剩下的部分组成,碧梧是由凤凰栖息的树枝和老掉的树枝组成",在"稻"与"粒"之间、"梧桐树"与"枝"之间有一种平衡,那些修饰成分则是产生不连续性的插入因素。另一种较为普遍的观点认为:这是两个倒装的例句,原来的语序也许应是"鹦鹉啄余香稻粒,凤凰栖老碧梧枝",而现在的语序则是通过"香稻"与"鹦鹉"、"凤凰"与"碧梧"的倒装实现的。无论我们采纳哪种观点,语法错置是无法改变的事实;无论是由于插入还是倒装,这两句诗各被分裂为四个互不相连的部分:2:2:2:1。结果,四个名词都获得了独立并成为简单意象的媒介:"香稻"和"碧梧"由于形容词"香"和"碧"的作用而明显表现出感觉特征,而"鹦鹉"和"凤凰"则产生出一幅色彩斑斓的景象。

上面所讨论的并非独立条件的全部,但我们希望这种概括的考察足以使以下两点得到承认:

一、在近体诗中,有许多句法条件有助于名词或名词短语的独立,其中有些条件是汉语所独具的,例如名词并列和多重倒装;但另一些条件则合乎语法规范,与散文语言和普通语言没有什么区别。这一点可以用更概括的方式加以表述:主语(topic)—主语(topic)—述语(comment)的结构在汉语的口语或书面语中都很常见,当两个主语都是名词时,句子就会呈现出不连续状态,如"永夜,月……";"微风,燕子……"更为常见的是主语—述语的结构,这是一种非常松散的结构,而这种松散也有利于主语(topic)的分离。

二、与第一点直接相关,当句法条件有利于独立,而独立成分又是具有意象能力的名词或名词短语时,我们就获得了一种简单意象。换句话说,唐代近体诗中充满了名词意象,而且与英语诗中的名词意象相比,它们的作用更为重要。

(二)诗中的具体性

到目前为止,我们把注意力一直局限在名词或名词短语的外在句法上,即这些因素与诗句中其他成分关系的形式方面。现在,我们开始讨论一个补充性问题:这些名词或名词短语所构成的意象属于哪种类型?

"类型"这个词一般是具有哲学的或语义语法的指向,在特殊情况下则兼指两者。下面这种观点乍一看来十分自然:以名词为基础的意象是具体的,是以事物为中心的。因为不具体的意象是无法想象的,而且我们从语法规则中已经知道,名词是人物、地点或事物的名称。这也就是休姆和另一些人的观点。休姆说:"(诗)不是一种计算机语言,而是一种可感的具体语言……诗的意象不仅仅是一种藻饰,而且是这种直观语言的精华。"刘若愚在论述中国诗时也说:"自然,我们在中国诗中发现了大量的简单意象,一如任何一种其他语言的诗歌,因为诗的天性是具体而不是抽象的。"[5]但是,当我们说诗的语言应是具体的,而且正是意象赋予它以具体性时,我们所指的到底是什么?从某个特定意义上说,这种所指是众所周知的,感觉比概念更具体,种类比属类更具体。例如"铲子"要比"真理"和"工具"更具体。但这个问题在更深层次的分析中就不这么简单了。比较一下:"生锈的铲子",伴随着手的指示说:"那把铲子","门后的铲子","那把把上有槽的铲子",哪个最具体?哪个最抽象?在某种意义上,"生锈的旧铲"最具体,因为我们可以想象出它的一般特征:黑的颜色和粗糙的质地;而在另一种意义上,"那把铲子"和"门后的铲子"都伴有指示,详细说明究竟是哪把铲子,因而显得更具体,尽管在找到这把铲子之前,我们没有任何关于它形状的印象;而"那把把上有槽的铲子"虽有特别的指称和明确的细节,但它既没有提供寻找这把铲子的方向,也没有描绘出铲子的全貌。所以,我们在判断文字的表达是否具体时,首先应做的,是明确它表达的着眼点和范围。

在"独立性句法"小节开头所引休姆的论述中,他也提到了"具体事物"和"物质事物",他说:"(诗)总是企图抓住你,使你不断地看到物质事物,阻止你滑向抽象的过程。"费诺罗萨也有相似的观点,他认为及物动词句"使语言更接近事物"。从某种意义上说,无论是把世界看作诸多事物的聚合,还是看作各种性质的集合,都是一样的:一个事物是它的各种性质的集合;而一种性质则是某一类事物所共有的特征。但在另一种意义上,这不同的看法则形成了

---

[5] 刘若愚(James J. Y. Liu),《中国诗艺》(*The Art of Chinese Poetry*,芝加哥,1962),104页。

不同的世界。例如,一幅画的构成不仅包括人和事物,也包括色彩和平面,对达·芬奇和其他文艺复兴时期的艺术大师来说,绘画明显是以人或事物为中心的,色彩、色调、平面、线条都是根据这一现实主义的绘画原则加以组织的;而对于马蒂斯和塞尚来说,绘画则是以色彩的强烈和几何图形给人以最直接的印象。这种绘画虽然仍表现了某种我们可以辨认的东西,但其中各部分之间的关系也许在现实世界中是无法看到的。我们认为,唐代近体诗和马蒂斯、塞尚一样,更多的是强调艺术材料的内在性质而不是这种材料所表现的内容。在唐诗中,艺术材料既包括简单的名词意象,也包括这种意象所表现的性质特征。为了阐明我们的观点,需要在偏于事物和偏于性质这两个倾向之间做一区别。这是我们所要讨论的第二个问题。

这些问题是有内在联系的。英语诗的语言中有许多句法形式可用以罗列对象的细节或指出诸多对象之间的自然关系。从这样的语言中,我们能获得一种具体性,一种倾向于事物的具体性。当我们把注意力集中在接踵而至的细节时,便会产生一种幻觉:物质对象触手可及,或者整个景象如在眼前。然而,如同句法联系使词与词互相连接一样,对象所产生的倾向于性质的拉力也阻碍了性质实现另一种独立——这是一种像马蒂斯和塞尚的色彩与平面那样缺少现实性的独立。

近体诗的情况就大不一样。我们已经看到,近体诗中充满了简单意象,我们还将看到,这种意象的媒介绝大多数是以形容词—名词或名词—名词的形式出现的。形容词当然代表性质,而大多数起修饰作用的名词也有强烈的性质倾向,例如"玉笛"是清凉而光滑的,"金甲"是金黄耀眼的。因此,仅就简单意象的内在结构而言,性质和事物之间有一种均衡。此外,由于句法关系极端松散,唐诗的语言独具个性,那些罗列细节或指明关系的语法手段,要么在汉语中根本没有,要么在从普通语言向诗歌语言的转化过程中被忽略了。当句法关系薄弱时,肌质就成为主要因素。在各种肌质关系中,相似或相反对于简单意象有特殊的重要性。此外,对句的构成也是以相似或相反为基础的,当比较两个事物时,我们总是从某种特征或性质上加以比较。因此,我们的结论是:唐诗中的简单意象有一种趋于性质而非事物的强烈倾向,它具有一种完全不同的具体性,在传达生动性质的意义上,简单意象是具体的;然而,它们并非根植于事物本身——这些事物的各个部分及与其他事物的关系是较为确定的——从这个意义上说,简单意象又是抽象的。

(三)简单意象的特质取向

以上的讨论可以通过一个特殊的例子加以明确的检验,这就是《江汉》的颔联:"片云天共远,永夜月同孤"。"天"是一个简单意象,作为一个没有任何修饰的单音节名词,它显然不是一个带有罗列细节的对象。按照高本汉(A. C. Graham)的翻译,第三句是"Under as far a sky as that streak of cloud"(直译是"在像片云那样遥远的天空下"),这是英语诗的习惯表达法,按照这种表达,天与云之间的空间关系(也就是现实关系)被明确表示出来,然而在中文原诗中,这种关系是隐含的。作为一个对象,"天"一般被看作一系列性质的集合:空旷、蔚蓝、广袤、辽远——这都是与天有关的性质。在第三句的语境中,"天"成为"广袤"这一特征的体现。为什么呢?首先,在上联中,已经有了宇宙的广阔与游子的渺小之间的强烈对比;其次,充当"天"的直接语境的两个名词"云"、"夜"都通过修饰的方法明确表现出或大或小的属性,"片云"是微小的,"永夜"是巨大的。"广袤"这种语义特征与大小之间的对比是属于同一类别的。因此,说"天"具有性质倾向,有两点理由:从消极方面说,由于它既不是一个有特殊指称的名词,又不是罗列更多细节的焦点,所以它不具备"现实的"功用;从积极方面说,它处于一个特殊的领域,在这里,通过巨大与渺小的对比可以表现出各种性质。

下面的几句诗是从李白《宫中行乐词》中引出的:

> 柳色黄金嫩,
> 梨花白雪香。
> 玉楼巢翡翠,
> 金殿锁鸳鸯。
> (455)

接下来的四句是召唤歌女舞妓们走出闺门,陪伴君王的玉辇,最后是问答式结尾(用我们的术语,这是推论语言):"宫中谁第一,飞燕在昭阳"。

我们的兴趣在于前四句中的简单意象。一、二句说柳色是金黄色和柔软的,梨花是雪白和芬芳的。然而,句法的不连续,使"黄金"和"白雪"独立起来,因而它们是简单意象。"黄金"和"白雪"

是属于形容词+名词这种数量很多的复合词,类似的复合词有"明月"、"白露"、"长河"、"绿水"、"弯弓"。在这种复合词里,形容词的作用不是限制而是强调:在"金"之前加上"黄",不是为了限制"金"所指称的范围,而是强调它的性质——在这种情况下,"黄"这种颜色,通常与"金"连在一起。

诸如"黄金"或"明月"这种表达有时被称作陈旧的意象或套语。无论这种观点如何正确,都需要进一步加以阐述:唐代的抒情诗是在一个由情状特征组成的领域中活动的,只要唐诗的表达注重性质,它们就可以为维持这个领域起到决定性的作用。当类书、韵府之类的书中包含了大量的、经过反复试验和长期考验的词藻时,运用这些词藻创造出新颖的句式和肌质是完全可能的,我们很快会看到,这一点在李白的诗中已经得到证明。

在第二联中,两句的对仗突出了两只鸟的鲜艳色彩,"翡翠"和"鸳鸯",是两个双音节名词,它和"凤凰"、"鹦鹉"、"葡萄"、"芙蓉"同属一类。即使没有形容词,这些名词也是倾向于视觉性质的,它们都是带色彩的事物的名称。此外,"翡翠"是叠韵词,"鸳鸯"是双声词,都有一种听觉效果。同样,"玉楼"和"金殿"的视觉效果也可以通过对仗产生出来:一是白色,一是黄色。

在这首诗的前四句中,色彩起了重要的作用。首先,每句中都充满了色彩;其次,存在着一种错综的色彩变换,这点可以列表如下:

(绿) 黄 / (白) 白
白 绿 / 黄 杂色

对于由肌质构成的组织(在这当中,性质起着不可忽略的作用)的系统研究是另一篇论文的主题,这里,我们只想通过强调简单意象的性质倾向为它做一个铺垫。

"玉楼"和"金殿"是名词+名词的复合词,其中第一个名词起修饰作用,同时也充当性质标志,如"白"和"黄"。这种分析也适用于大量的名词+名词的复合词:"雪峰"、"银壶"、"锦帆"、"玉檐"、"珠帘",这些例子中所指的性质主要是视觉的。在下面两句杜甫诗中,所传达的性质则包括视觉和感觉两个方面。

> 香雾云鬟湿,清辉玉臂寒。(469)

这两句诗写的是杜甫所想象的他妻子在月光下思念丈夫的情景。"云"形容发鬟,"玉"是她臂膀白皙的特征,它们的效果是属视觉的;但云像雾一样湿润,玉像月光一样清寒,在"雾"和"湿","清辉"和"寒"的联系中,"云"和"玉"也产生了触觉效果——湿和寒。于是,通过肌质构成了这两句诗。

听觉特征通常是以乐器或发声物体来表现的。"琵琶"这一双声词对应于声音,一如"鸳鸯"对应于形象。有些乐器的名称常带形容词,这就使之具备了地方色彩或其他新奇的感觉,如:"胡笳"、"寒笛"、"画角"、"金鼓"。有时,乐器也可以不带任何修饰。在发声物的词类中,我们常常可发现这样的表达方式:"鸟鸣"、"马啸"、"人语"。

当一个修饰语修饰名词时,它不仅强调一种性质,而且也暗示了该性质所具有的物理意义。"风"本来有点抽象色彩,"朔风"中的"朔"是指"北方"或"冬天",都具有干燥、凛冽的意味;相反,"湖风"则是湿润温和的。两者都表现了触觉特征。"袖风"、"帘风"、

"簪风"都使风变成生动可见的形象。杜甫的名句"落日楼台一笛风"则唤起了风的听觉意义。

另外,有少数名词,其主要名词在于表明对象性质的指向,"色"在某些场合的意思是"色彩",但有时更确切的近义词也许应是"景"或"貌",即对象的视觉方面。"色"可以放在几乎所有的名词之后:山/、春/、柳/、草/、树/、月/、暮/;与"色"相对,听觉指向是由"声"表示的,"声"也可与前面的名词构成大量的复合词:水/、河/、钟/、浪/、棹/、泉/、蝉/。这两个名词在一联中几乎总是相对:泉声/日色(425),钟声/月色(498),树色/河声(512),山色里/水声中(617)。与此相似而出现频率较低的名词还有:"响"、"影"、"音",它们在复合词中表现为"砧响"、"月影"、"筇音"。关于这类词有几点值得注意:虽然它们自身是抽象的,然而却能使其前面的名词更加具体。因为它们指明了这些名词所具备的物理意义。不过,像"钟"这样的名词,本身已有很强的听觉意义,增加"声"(以构成"钟声")之后,只能是更加强调了听觉特征,就像"黄金"中的"黄"也只是强调视觉特征一样。我们也注意到在前面的例子中,无论是名词还是形容词,充当性质标志时,都是位于事物名词之前("绿水"、"玉楼"),但在这里,性质倾向是由后置名词表现的("水声"),根据语法观点,这里是"水"修饰"声";而从意象构成的角度来看,则是"声"显示了"水"的听觉特征。

当两个对等名词组成复合词时,我们所得到的便是一种具体的共相(concrete universal),这种共相寓于具体的表现之中,有时宇宙也可以用这种方法加以表现,例如《江汉》的首联中,"江汉"和"乾坤"就展现了一种广阔无垠的气势。杜甫特别爱用这种方法,在"国破山河在,城春草木深"(470)中,复合词"山河"代表了所有的地理特征,即使国家这一人为事物的破灭,也不会使它们有何改变;"草木"代表一切生物,它们不理会战争和动乱,当春天到来之际,依然生机勃勃。杜甫并非唯一运用这种复合词创造诗意效果的诗人。王维有"日落江湖白,潮来天地青"(430)的诗句,其中江湖和天地一起构成了一个共同主题:宇宙。在宇宙中,青与白互相交融。类似的复合词往往令人感到宏伟、崇高,因为它们表现了大自然的全部力量和气势:"日月"、"风云"、"关山"、"古今"。另外一些复合词则表现了中等体积的事物,它们常以优美见称:"鱼鸟"、"燕雀"、"蒲柳"、"稻粱"。在杜甫的"春日繁鱼鸟,江天足芰荷"(CTS2558)中,大自然的生生不息正是通过春日里鱼鸟的繁殖和蓝天下河中莲菱的丰盛生动地展示出来的。

(四)性质的诗意作用

下面的例子可以表明近体诗中视觉特征的自觉运用所达到的范围。

前面,我们已经谈过非限定性形容词"白云"、"清风"的情况。限定性形容词是指那些限制名词指称范围的形容词,如"黄云"、"炎风"、"香稻"。我们应该注意:大量类似的限定形容词也都有性质倾向。位于限定形容词之后的名词与非限定形容词后的名词相比,只在程度上稍有不同;而当我们面对一个专有名称时,这程度的差异则变成类别的差异,这种专有名称的指称对象是独一无二的。像"约翰"、"彼得"这类专有名称只是指称而无描述,它们几乎没有任何构成意象的能力。但是唐诗中的地理名称常包括色彩和其他带有视觉倾向的词:"青枫江"、"白帝城"、"青海"、"玉门关"、"锦城"、"锦江"、"玉垒"、"蓝田"、"黄河"、"紫阁",如果唐代诗人用英文写诗,那么,"白宫"、"红场"也会很快进入韵府之中。

年轻和老迈是两个抽象概念,但在李白诗"红颜弃轩冕,白首卧松云"(456)中,这两个概念由两个带有生动色彩的意象表达出来,似乎年轻以红色为特征,因而与老迈的白色形成对照。在李白的另一首诗中,"年轻"的概念再次由色彩来表达,"红颜归故国,青岁歇芳洲"(CTS1768)。这种技巧杜甫也常采用,在"白日放歌须纵酒,青春作伴好还乡"(569)中,代表年轻的"青春"与"白日"相对。在《秋兴》的最后一联,"彩笔"与"白头"相对,成为杜甫年轻时代横溢才华的象征——"彩笔昔曾干气象,白头吟望苦低垂"(589)。

名词对象与形容词性质之间的联系可以通过不同方式加以表现。在李益写于西北边塞的诗中,我们读到"几处吹笳明月夜,何人倚剑白云天"(640),"笳"是典型的西北部落乐器,套语"明月"、"白云"这里所传达的意义是:天空和夜晚是为天下每个人所共有的。当"笳"与"明月"、"白云"一起出现时,则传达了一种身处异境又似曾相识而引起的迷惘。在杜甫的"露从今日白,月是故乡明"(477)中,强烈的希望与思乡之情都体现在反复出现的形容词"明"和"白"之中。

在杜甫的这个例子中,"白"与"明"的突出是由于它们与主语("月"和"露")的联系被插入的主语所打断,在杜甫的其他诗中也有这种情况:"种竹交加翠,栽桃烂漫红"(CTS2486);杜甫还试着把色彩词放在句首:"红入桃花嫩,绿归柳叶新"(CTS2438),"碧知湖外草,红见海东云"(CTS2527);有时还牵涉到句法性错置:"绿垂风折笋,红绽雨肥梅"(CTS2347),这句诗的潜在语序也许应是"风折绿笋垂,雨肥红梅绽";在描写春雨滋养、润湿草木的景象时,杜甫没有借用倒装手法也取得了同样的效果:"晓看红湿处,花重锦官城"(480),从字面上看,这里的"花"是修饰"红"和"湿"的,实际上恰恰相反。同样的技巧也用于杜牧诗"千里莺啼绿映红"(828)之中,也许有人认为这里的绿和红是草花的性质,但作为意象,它们仅仅是色彩而已。上面这些例子的一般效果都类似于马蒂斯和齐白石的画:人们首先看到的是生动的色彩,然后才是表现对象的模糊轮廓。

在本节中,我们用视觉特征说明了在唐诗的意象构成中存在着自觉运用性质特征的事实。这种自觉性表现在以下几个方面:首先,词的数量和类别,都存在一种视觉特征的倾向;其次,这些词都是作为对句中的对仗成分出现的;最后,在对唐诗技巧发展的研究中,我们可以看到,杜甫和杜牧都倾向于给色彩以更突出更独立的地位。因此,当我们说近体诗显示出强烈的性质倾向而不是事物倾向时,并非强加了一种人为的区别,而只是描述了它的一种内在特征。

(五)对具体性的重新探讨

在一篇题为《实体的标准》(*The Substantive Level*)的文章中,维

姆萨特(Wimsatt)[6]区分了三种主要形态:

1. 抽象的或弱于特殊实体的形态,例如:工具。
2. 最低限度的具体性或特殊实体的形态,例如:铲子。
3. 特别具体的、强于特殊实体的形态,例如:生锈的园艺铲。

在此之前,他还提到了"人"与"白人"的区别(我们认为:这两个词可以与"铲子"与"生锈的铲子"对等),并对"实体的标准"做了这样的定义:"……人和上帝是处于同一分类水平的,在这里,特殊性和具体性彼此交织。在一般范围内,我们可以把这种标准看作一条临界线:高于这一标准,相对抽象(不很特殊)很容易适应于绝对抽象(不具体),以致具体性退至次要位置,实体的完整性被抽象为纯粹的性质;相反,低于这一标准,就产生了无数细节的聚积。"稍后,他又补充道:"无论强于或弱于实体形态,都是非常特殊的内在和内省的描写方式——一方面表现错综复杂的感受,如同普鲁斯特式的[7]对细节的经验意识;另一方面表现模糊的抽象性,如同诗中弥漫的朦胧。"

我们对维姆萨特的这些观点信疑参半。"实体的完整性被抽象为纯粹的性质"这似乎贴切描述了近体诗中简单意象的一个特征;"模糊的抽象性"、"弥漫的朦胧",这是维姆萨特对弱于实体形态所具效果的描述,也可应用于作为整体的近体诗。然而,近体诗

---

[6] 维姆萨特(W. K. Wimsatt),《语言的形象》(The Verbal Icon,肯塔基,1954),138页。

[7] 原文为 Proustean,应是 Proustian 的笔误。——编者注

很少远离最低限度的具体形态,"天"和"黄金"就是典型的名词意象。于是,问题就自然产生了:为什么近体诗的实体性弱于维姆萨特所预言的程度?我们认为:原因在于维姆萨特只把注意力放在语义方面而忽略了句法作用。

我们特别地提一种分为三阶段的理论来修改维姆萨特的观点。在"独立性句法的种类"这节中,从外在句法的角度,我们讨论了近体诗中普遍存在的不连续性、错置和歧义是如何使名词实现独立的。在随后"诗中的具体性"和"简单意象的性质倾向"两节中,我们考察了名词的内在构成——形容词+名词和名词+名词的复合词——而且发现它们中的大部分都具有内在的性质倾向。实体是事物的又一种提法,只要简单意象是倾向于性质的,近体诗就以弱于实体形态的方式给人以存在的印象。在第六节中,我们将要讨论的是:英语中有许多句法手段为名词对象罗列细节,其中主要有关系代词、指示代词和定冠词。所以,英语诗歌中的名词意象具有事物倾向。由于汉、英语言中句法的基本差异,英语诗歌通常显示出较强的实体性。

另外,维姆萨特的分类法,在略加修改之后,有助于我们以更系统的方式重申前面谈过的问题。

维姆萨特使用的是一种混合的分类模式:从"工具"到"铲子",是沿着由属类向种类的顺序;从"铲子"到"生锈的园艺铲",所循的则是由简单名词到复杂名词(被形容词或其他名词修饰的名词)的顺序。按照纯粹的属—种分析,我们愿意沿着这株"斑岩之树"(Tree of Porphyry)进一步深入下去。在它的底部,我们发现了个体,与它相对应的语言形式:专有名词、代词或指代词。一般说来,这三类词都不利于意象构成。在近体诗中,专有名词往往以两种方式出现。一是典故中的人名,一是地名。前面,我们已经看到地名并不缺少构成意象的潜力,例如"玉门关"、"蓝田"。以此类推,当历史人物被间接提及时,目的并不是追溯具体的个人,而是回忆与之相关的事件——这种事件以相似的形式在目前的环境中重现。众所周知,近体诗中很少使用人称代词,甚至主语也常被省略;指代词"过"、"这天"不出现在诗的意象部分而出现在推论部分(即最后一句或倒数第二句),它这时的作用是引出不同时、空或相对与绝对的对比。(参见第四部分第三节)

这些一般性考察提出一个重要问题,实际上,近体诗中的意象部分既没有个体事物也没有单个指称,那么,它究竟如何表现此时此地的意义呢?这个问题我们将在第三部分讨论动词谓语时予以回答。

在"斑岩之树"的上部,是各种属类、亚属类和种类。因此,在中国古诗的韵藻中,"人物"作为一个大类,包含有"君王"、"宰相"、"朋友"、"亲戚"等分项;"禽"类则包含了"鹦鹉"、"燕雀"、"凤凰";"花"类包含了"桂花"、"菊花"、"梨花"和"桃花"。如前所示,名词的并列结构("天地"、"江湖")是一种达到较高概括水平的途径,达到这种水平的另一途径是直接使用代表属类的类名或原生词,如"人"、"鸟"、"花"。在初唐,这种用类名创造诗意效果的手法比较流行。王维的《鸟鸣涧》就是一例:

> 人闲桂花落,
> 夜静春山空。
> 月出惊山鸟,
> 时鸣春涧中。
>
> (753)

三个未加修饰的名词同时出现:"人"、"夜"、"月";另外两个名词"山"、"鸟"带有修饰成分,然而,这种修饰所起的作用更多的是指明时空而不是限制范围。所以,这首诗所表现的应是由人、鸟、花、山组成的世界。王维诗这种简单自然而又别具特色的诗风与他不加藻饰地运用类名有很大关系。

这首诗被罗伯特·佩恩(Robert Payne)译成英文如下:

> Walking at leisure we watch laurel flowers falling,
> In the silence of this night the spring mountain is empty.
> The moon rises, the birds are startled,
> As they sing occasionally near the spring fountain(valley).

译文明显丢掉了原诗中的类名意义。"人"在原诗中是世界的一部分,而译诗中的"we"(我们)则是由观赏春色的游人所组成;"This night"(今夜)指的是一个特定的夜晚;加上复数词缀-s的"Bird"(鸟)由一个类名变为一群同类的鸟。我们常说中国古诗没有时态、数和代词,正是这个特点使中国诗可以用类名创造特殊的效果。这是一个未被充分重视的事实。

让我们回到维姆萨特的混合分析模式,并模仿他建立一个分类结构:

1. 无修饰的名词:
   A. 并列的:天地、江湖、江汉
   B. 抽象的:声、色
   C. 单音节的:月、天、云、山

  D. 双音节的:鹦鹉、凤凰、芙蓉、葡萄

 2. 加修饰的名词:

  A. 被非限定形容词修饰:明月、黄金、白云

  B. 被限定形容词修饰:炎风、黄云、香稻

  C. 被名词修饰:金殿、玉臂、云鬓、玉楼

  D. 专有名词:蓝田、黄河、玉门关、蓝海

  这些分类代表了与意象构成相关的主要类型。我们将发现除了专有名词,所有这些名词都是具有概括性的词,虽然它们的概括程度也许不同。我们这样说,不过是重复维姆萨特已用公式表述得很好的老生常谈:"任何词的描述,只要它是一种直接描述(谷仓是红的和四方的),它就是概括。这是词的自然属性,词所传达的不是个别的事物,只能是或多或少的特定概括……"(维姆萨特,75页)

  为什么这种老生常谈值得重提呢?因为它有助于那种被当作意象构成要素的具体性,也有助于系统阐述近体诗的基本特征。在这些意象派的范例中展示了一种具体性,其中就有细节的赘叙:"玫瑰,多刺的玫瑰,残损而凋零","紫色的鹩哥——在树叶下羽毛闪亮,歌声不绝的鹩哥"(维姆萨特)。句中为主语(玫瑰、鹩哥)罗列了一个又一个细节,从而给人一种印象,仿佛摄像镜头固定于某一个别事物。降低这种个别印象的标志就是概括程度的强化。还有一种具体性,即性质印象的具体性。就像我们反复强调的,这种具体性显示了近体诗中名词意象的特色。名词意象通常以不加修饰的名词和复合词作为媒介,就像上表中1. A—D和2. A—C中的词,即使一句诗是由单个名词短语构成,由于近体诗的每句只能容纳五或七个音节,这就严格限制了可以置于中心名词之前的修饰

词数量。

根据我们对名词意象的分析,近体之所以倾向于表现共相是由于两个原因:有一种以王维《鸟鸣涧》为代表的风格,其中普遍性的产生是由于类名的使用;其次,大多数名词意象具有强烈的性质倾向,而性质必然是共相。所以,作为一个整体,近体诗充满了维姆萨特所说的那种"模糊的抽象性"、"弥漫的朦胧"。

(六)英语诗歌中由句法表现的细节罗列

句法作用不仅能使名词独立,还能为名词罗列修饰成分和限定从句。近体诗中几乎没有限定从句,但在英语诗中却比比皆是。在本节中,我们将要指出这种罗列有什么作用以及它们如何发挥作用。

Daffodils
William Wordswoth

I wandered lonely as a cloud
That floats on high o'er vales and hills,
When all at once I saw a crowd,
A host, of golden daffodils;
Beside the lake, beneath the trees,
Fluttering and dancing in the breeze.

Continuous as the stars that shine
And twinkle on the Milky way,
They stretched in never-ending line
Along the margin of a bay;
Ten thousand saw I at a glance,
Tossing their heads in sprightly dance.

The waves beside them danced, but they
Out-did the sparkling waves in glee:
A poet could not but be gay
In such a jocund company:
I gazed — and gazed — but little thought
What wealth the show to me had brought.

For oft when on my couch I lie
In vacant or in pensive mood,
Tkey flash upon that inward eye
Which is the bliss of solitude;
And then my heart with pleasure fills,
And dances with the daffodils

水仙

威廉·华兹华斯

我好似一朵孤独的流云
高高地飘游在山谷之上,
突然我看见一大片鲜花,
是金色的水仙遍地开放;
它们开在湖畔,开在树下,
它们随风嬉舞,随风飘荡。

它们密集如银河的星星
像群星在闪烁一片晶莹,
它们沿着海湾向前伸展
通往远方仿佛无穷无尽
一眼看去就有千朵万朵,
万花摇首舞得多么高兴。

粼粼湖波也在近旁欢跳,
却不如这水仙舞得轻俏;
诗人遇见这快乐的旅伴
又怎能不感到欣喜雀跃;
我久久凝视——却未领悟
这景象所给我的精神至宝。

后来我多少次郁郁独卧，
　　感到百无聊赖心灵空漠，
　　这景象便在脑海中闪现
　　多少次安慰过我的寂寞；
　　我的心又随水仙跳起舞来
　　我的心又重新充满欢乐。

（顾子欣译）

　　这首诗的中心意象水仙，是通过许多细节加以展示的——它们生在何处，怎样分布在湖畔，又怎样欢舞，诗中的这幅图景是围绕着具体对象——水仙。一个个细节都借助代词依附于对象。"golden daffodils"（金色的水仙）只出现一次，以后都是用"they"（"它们"）、"them"（"它们"的宾格）、"their"（"它们"的所有格）代指水仙。定冠词"the"也有同样的作用，"the daffodils"（"这些水仙"）就简要概括了前面所有的描述。此外，还有关系代词"that"（那）、"when"（当……时）、"which"（在……中），分词短语（fluttering and dancing，"飘荡嬉舞"），介间短语（beside the lake，"在湖畔"；beneath the trees，"在树下"），它们的作用都是表现事物名词与所罗列的细节之间的联系。

　　华兹华斯的水仙是金黄色的，而李白诗中的梨花则是"白雪香"。更重要的区别是，由于句法的不连续使"梨花"和"白雪"各自独立，从而突出了"白"的特征。李白的那四句诗中充满了丰富的色彩，而且"玉楼"也表现了"白"的基色。在华兹华斯的诗里，水仙的色彩却淹没在大量的细节之中。另一方面，对于水仙花，我们了解的是许多相关的事情，而对梨花，我们所知道的只是它们的

"白"与"香"的性质。这些比较是有普遍意义的:当句法使词与词之间产生联系而且语义使一首诗倾向于对象本身时,意象将是由现实的细节而不是物体的性质构成连续的。

在华兹华斯的诗中,代词和定冠词的罗列指向是向内的或向心的,它们使词与词联系起来。但在一般的谈话中,代词也能用于指称外在世界的某人或某物。在"我看见一个人,我和他谈了一会话"中,"他"的指向是向心的;如果我们在街上走着,我突然喊道:"看他!"我要把你的注意力引向另一个人,这时,"他"的指向是向外的或离心的。这种二重性也同样体现在指代词(this,that)和定冠词(the)中。

人们常说:文学所关心的不是字面的精确而是意象,即由词与词之间的文字联系所创造出来的自我封闭的世界。这个观点可以用麦克列什(Macleish)的名言加以概括:"一首诗并不解释什么,而本身就是什么。"然而,必须指出的是,没有任何一个文学作品能够完全没有外在指向,而且最常使用的一种创作手法就是真实的再现。所以有必要注意这样一个事实:经常用于小说批评的两个术语"现实主义"和"自然主义",在诗歌研究中极少使用。我们认为,这个事实意味着,在意象派和象征派的诗歌兴起之前,西方所有的诗歌都是现实的和自然的。现在,有两种方法表达诗中对象的真实存在:一是详细地描绘对象。正如维姆萨特所指出的那样:"词所传达的不是个别的事物,只能是或多或少的特定概括",细节描写的确能创造出个别事物的幻象;另一种方法则是借助于普通语言中的指示词"this","that","the"等。下面两首诗将能说明我们的观点。

I Remember, I Remember
Thomas Hood

I remember, I remember
The house where I was born,
The little window where the sun
Come peeping in at morn;

I remember, I remember
The roses, red and white,
The violets, and the lily-cups,
Those flowers made of light!
The lilacs where the robin built,
And where my brother set
The laburnum on his birthday, —
The tree is living yet!

《我记着,我记着》
托马斯·胡德

我记着,我记着
我那出生的小屋,
还有那黎明时
太阳窥视的小窗。

我记着,我记着
那红白缤纷的玫瑰,
还有紫罗兰和朵朵睡莲
这些鲜花组成了一片明媚!
丁香花开在知更鸟的巢边,
在我兄弟的屋前
金链花为他的生日吐艳——
这棵树依然生机无限!

诗中每个"the"的使用都表示一种特殊的指向,"the house"指的是那座特定的小屋,"the little window"是指那屋的一扇特定窗户,甚至"the sun"也是指那与诗人的儿童时代联系在一起的太阳。

The Retreat
Henry Vanghan

O how I long to travel back,
And tread again that ancient track!
That I might once more reach that plain
Where first I left my glorious train;
From whence th' enlightened spirit sees
That shady City of Palm-trees,
But ah! my soul with too much stay
Is drunk, and staggers in the way!

Some men a forward motion love,
And when this dust falls to the urn,
In that state I came, retun.

回归
亨利·瓦汉

哦,我多么渴望返回原处,
重新踏上那古老的征途!
再一次回到那原野之上,
回到当初和光辉圣灵分手的地方,
那里,开启的灵魂能看见
那棕榈阴翳的古老城垣。
但是,啊,我的心灵久被污染,
像醉汉一路步履蹒跚!
有些人喜欢往前行走,
而我只想迈步向后;
当骨灰瓮中落入这尘土形骸,
我也就回到了我来时的状态。

(何功杰译)

"that ancient track"、"that plain"和"that shady city"都是指特定的过去中的一些事物,这种诗中的"that"和前一首诗中的"the"都是怀旧诗中的常用手法。通过这类词的运用,诗人假设读者已熟悉那些特指的事物,并因此使诗人获得亲切感。

在华兹华斯的诗中,我们清楚地看到:罗列细节的手法在英语诗中是普遍存在的。定冠词与不定冠词有时没有特殊意义,而是为了语法正确而不得不用。从这个意义上说,托马斯·胡德和亨利·瓦汉的诗似乎例外。然而必须指出的是:即使效果不太突出,使用"the"或"a"仍会产生不同的效果。例如,在华兹华斯的诗中,"beside the lake(在湖畔), beneath the trees"(在树下)中的定冠词"the"不仅使 lake(湖)和 trees(树)显得特殊,而且通过固定其精确的位置给水仙一种确定。如果把这两句诗改作"A host of golden daffodils/beside a lake, beneath some trees",由于不定冠词"a"的内在意义,我们的注意力便不再集中于那对诗人具有亲切意味的特殊水仙草地了。定冠词和关系代词常常同时出现:"丁香花开在知更鸟的巢边"和"还有那黎明时,太阳窥视的小窗"这里,特定的指称("丁香"、"小窗")被罗列的描述性细节所限定。我们的基本结论是:由于特定指称和罗列细节的形式普遍存在,英语诗基本上是现实主义的,特别是它显示出突出的趋于对象本身的倾向,而且它的意象充满了细节。

相反,中国诗中没有定冠词和不定冠词,汉语中也缺乏英语中大多数罗列细节的手法,后置的修饰成分极为少见。从理论上说,一个名词前面可以加上任何数量的修饰性短语或形容词,但实际上,这种修饰成分的数量受到严格的限制。因此,从积极意义说,句法的不连续和错置,可以通过各种形式使汉语中的名词获得独立性;从消极意义说,由于缺乏罗列细节的手法,因而无法表现名词对象的细节。"梨花"从字面上看只是"pear blossom",而无更多的内容,它既不是"a pear blossom"(一朵梨花),也不是"the pear blossom"(这朵梨花);既不是"pear blossoms"(一些梨花),又不是

"the pear blossoms"(这些梨花);而且后面也不带任何修饰从句,例如"the pear blossoms, beside the gold hall, beneath the jade tower, swaying and bending in the wind"("许多梨花在金殿旁,玉楼下,迎风俯仰,摇曳生姿")。确定与不确定的指称,单数和复数的形式,关系从句的修饰——所有这些都与个体性或个别对象有关。英语诗多半关心真实时空关系下的个体对象。"梨花"是笼统的,是一个不属于任何物体的性质集合。由于近体诗的意象部分大都由简单意象组成,诸如"梨花"、"黄云"等,所以,它的结构是处于绝对时空关系中的实体形式(hypostatized forms)。

我们已经看到了英语诗中用"the"和"that"产生离心指向的例子,近体诗中与此最相似的词是指代词"此",它在格律诗中是以下面这种明显形式出现的:它只在尾联中出现,其作用在于引起前三联中的绝对时空关系与尾联中的相对时空之间的对比。下面这首杜甫诗就是一个相当典型的例子:

忆昨逍遥供奉班,
去年今日侍龙颜。
麒麟不动炉烟上,
孔雀徐开扇影还。
玉几由来天北极,
朱衣只在殿中间。
孤城此日肠堪断,
愁对寒云雪满山。

(560)

一、二句写的是昔日的景象，接着，中间两联进入绝对时空之中，这是因为那些生动的意象的对仗是伴有歧义的（三、四句），而且汉语缺少时态。第七句中"此日"的出现，陡然驱散了如梦般的回忆情绪，通过今昔对比，展示了相对时间关系的新构架。

在李商隐《锦瑟》中，"此"的运用略有不同，但效果一样：

> 锦瑟无端五十弦，
> 一弦一柱思华年。
> 庄生晓梦迷蝴蝶，
> 望帝春心托杜鹃。
> 沧海明月珠有泪，
> 蓝田日暖玉生烟。
> 此情可待成追忆，
> 只是当时已惘然。
>
> （622）

除了第二句中略略一提的"华年"，整个前六句没有任何真实时空的指称，所以，这首诗从一开始就更明显地传达了一种不确定的非现实感。"此情"中的"此"所指的是前面几句诗中表现的情绪，它的使用是向心性的，因而不同于"此日"中"此"的离心用法；"此情"与"追忆"和"当时"的联系确定了作为对往事的回忆所具有的非现实感。通过这种方法，这首诗的尾联造成了与上例尾联相同的效果，即把诗从幻觉的朦胧自由带到对不可回避的确定现实的自觉。"此"的这种用法已成为一种公认的技巧，除了杜甫和李商隐，我们也可以在其他诗人的作品中看到同样的句式。

上面的比较使我们看到:英语诗中指代词的运用起着罗列对象细节的作用;而在近体诗中——常常限定在最后一联——仅仅引出绝对时空与相对时空的对比。

(七)理论总结

本文的目的在于分析并描述近体诗的特征。为了做到这一点,需要一整套批评术语。而通用于英语世界的批评术语,是在对西方诗歌(尤其是英语诗歌)的长期研究中产生的。用这些术语研究中国诗,有时是不合适的(例如,它很少把单独一个名词称作简单意象);另一种方法是用中国传统的批评术语研究中国诗,但如果我们的文章是用英文为英语世界的读者而作的,那么,用一套陌生的术语去解释同样陌生的诗歌传统,必然有难以克服的缺陷。我们认为,更为可行的方法是:采用通行的批评词语,同时注意并相应调整其固有的偏狭。换句话说,一旦我们选择用英语研究中国诗,这就已经朝一般的或比较的诗歌理论迈出了无法退缩的一步。我们知道自己不可能最终完成这个任务,但这并不妨碍做一个有益的尝试。

由于选择和习惯,我们的批评在两个重要方面倾向于燕卜荪的理论。燕卜荪、瑞恰兹及其追随者的批评实践被恰当地称为语言学批评或语言分析,它所最关心的问题是特定的语言特征究竟如何产生多重的诗意效果?我们可以把这个问题概括成:在形成近体诗的独特风貌的过程中,它的语言是如何发挥作用的?在本文中,我们更感兴趣的是近体诗的诸多构成因素而不是具体的诗作。语言分析的任务就是要唤起人们对那些在近体诗中广泛存在并具有普遍意义的语言特点的注意。例如,证明主语(topic)—主语(topic)—述语(comment)的结构是独立句法的一种类型;为受形容词或另一个名词所修饰的主要名词找出产生其性质倾向的内在依据,等等。通过与英语比较,汉语的某些特征可以更清楚地显示出来。这就是我们在第二部分第六节中涉及英语诗的原因。

"向心"和"离心"这两个术语被诺思罗普·弗莱通俗化了,特别是在他的《批评的解剖》一书中,这种区分标志着所谓旧批评与新批评的分野,因此,它对于燕卜荪和瑞恰兹也是重要的。过去,语言学批评的范围也许被界定为社会内容、历史背景和文学来源——所有这一切都是外在于诗本身的,都可以归之于"离心"的名下;"新批评"派的"新"就是使批评的注意力离开外在的因素,按燕卜荪、弗莱和另一些人的观点,文学批评所应关心的是词与词之间的向心关系。

然而,仔细检查便会发现:词之间的向心关系原来由两个分支构成,即句法和肌质。当休姆试图从诗中排除句法时,他心里所想的是由句法强加给词的向心纽带。燕卜荪的贡献在于他把人们的注意力引向词与词之间的肌质关系,并进一步指出肌质是句法的反向。在"落日心犹壮"中,作为两个独立的词,当"落日"和"心"同时出现时,至少存在着三种肌质联系:心像落日;心不像落日;在落日的映照下,心(犹壮)。无论在诗中还是在一般语言中,语法的基本作用都是限定词之间的可能范围,当这句诗被英语译为"In sunset hale of heart still"时,增加了一个"In"(在……中),从而把"sunset"(落日)确定为时间条件,并把另外两种可能降到次要的地位。

这里所说的是当句法关系薄弱而肌质关系丰富时的一般原则。在语言类型学中,汉语被划为一种独立的或分析的语言,而英语和其他欧洲语言则被划作屈折语言。这是关于汉语中句法关系弱于英语中句法关系的原因的一种说法,尤其是,汉语没有时态、数、格以及伴随这些变化的词形。当汉语的书面语被作为近体诗的工具时,绝大多数语法虚词被省略了,这个省略过程通过近体诗与唐代"古诗"的比较可以清楚地显示出来,这些古诗仍然使用语法虚词。汉语中本来薄弱的句法关系在近体诗中被进一步削弱,从而导致两个后果:原来应由虚词占据的位置被实词取代了——这使近体诗被赋予特有的简洁和紧凑;由于近体诗很少语法限制,歧义就不是偶然而成为常例。燕卜荪的分析之所以适用于近体诗,原因正在于此。

我们在考虑词的离心或外向趋势时发现,它也是由多种因素组成的。首先是对确切指称的关注,这曾是语言学批评的一个标志。例如,莎士比亚十四行诗中的黑色女郎是谁?对这种批评方法可以做这样的概述:有关外在环境的一定数量的信息对于文学本身的内在研究是必不可缺的,但其中某些事实不可能完全确定,而且,在一定限度之外,便不再有新的事实能帮助我们欣赏文学作品。

理解了"离心的"这种意义之后,还有更令人感兴趣的问题需要解决。仅仅为了声音和谐而排列在一起的一组无意义的音节并不是诗,因为诗是有一定意义的。当新批评派坚持认为诗中的每一句都传达、暗示或蕴含了某种东西时,这种东西就是意义。新批评派并非否认一句或一首诗都有其字面意义,他们所强调的是在字面意义之上或之外,还有另一层常常是更为重要的意义,它是由词与词之间的相互影响产生的。现在,说一首诗以其自身的陈述或暗示传达意义,也就是说它具有离心的趋势,而诗歌批评的任务则是根据它的起因和目标来分析这种离心趋向。

有别于概念,感觉是词或许具备的一种意义,在诗中它被称为意象。我们把意象分为两类:一种是倾向于对象本身,另一种则倾向于性质。这种划分是以其目标为依据的,它们的起因应该从词法和句法中寻找。因此,近体诗中简单意象的性质倾向的产生可归之于下列原因:汉语中的名词既没有定冠词,也无不定冠词,而且又没有数的区别,它们所代表的是类型而非个体;近体诗的语言是富于独立结构而贫于罗列细节的手法,所以单个名词能够轻易获得独立并成为简单意象的媒介;由于不受细节的妨碍,名词意象与它所表现的现实对象并无多少联系;在词法方面,大部分双音节复合词是由两个成分组成的,其中一个成分表明感性特征或知觉意义;还有一些诸如"琵琶"、"凤凰"这样的双音节名词,它们本身就可使人联想到某种视觉或听觉特征;通过各种对比,简单意象充满于整个语境——一联中上下句的对仗,一句或全诗中的肌质联系——所有这些对比或者强调了由形容词明确指出的性质,或者使名词所蕴含的性质呈现出来。

简而言之:在向心关系中,我们认识了句法和肌质;在离心关系中,我们辨别了趋于对象本身和趋于性质这两类倾向。根据这两组特征,我们可以对两类不同诗歌的特点做如下描述:由于其意象的性质倾向,近体诗弱于句法联系而强于肌质联系,而在英语诗中,句法是肌质与构架的主要组织原则,由于其意象倾向于对象本身,就其特有的表现方式而言,英语诗是现实主义的。

我们的讨论包括了许多由意象派的理论和实践所提出的问题,现在,应当对它们做一个简单的回顾。

第一,休姆敏锐地洞察到句法与意象之间的密切关系,但他关于句法妨碍意象构成的观点则不免失之偏颇。这里,重要的是对简单意象和复杂意象做出区别,而区别汉语中的独立句法和英语中的罗列与连接句法也同样重要。休姆观点的正确性在于:汉语的独立句法有利于构成简单意象。因为汉语句法的独立性是内在固有的,所以无须为了意象构成而废弃句法;英语中的罗列句法和连接句法的确妨碍简单意象的构成,但它却有利于创造复杂意象。当英语句法的这个方面被废弃时,我们便可得到意象派的诗,但是为此所付出的代价,则是不得不放弃复杂意象和英语句法所体现的许多其他作用。

第二,我们的理论也正确地考虑了费诺罗萨的某些观点。费诺罗萨相信,中国文字最适于作诗的媒介,因为它具有一种象形的特征。这显然毫无意义,然而却是一种有用的无意义。他所注意到的是:有别于英语诗中的词,中国诗中的最小单位——单个的字——也具有构成意象的能力。但费诺罗萨的解释却错了,是独立句法而非象形文字赋予这些最小的语言单位以独立的意义。

最后,意象派提出的意象理论中的关键问题是:创造一种效果显著的意象需要运用什么样的语言?答案是:通过意象创造中具体语言的运用,诗努力"使你不断地看到物质事物"。这个回答乍一看来含糊不清,继而一想则可以发现唯名论偏见的明显痕迹。含糊不清的是"具体的"这个词,到底是感觉印象的具体("生动的"),还是离心指称的具体("特殊的")?这两种意义在意象派的理论中几乎总是混淆,在其实践中亦常常如此。"玫瑰,多刺的玫瑰,残损而凋零"就是唯名论的具体化,它首先是生动的和特殊的,给人一种别的玫瑰所没有的印象,在华兹华斯的诗中,我们看到同样的技巧也用于对水仙的描绘。虽然意象派和前意象派在程度上有所区别,但都是把注意力集中在具体对象上。这种做法是有其深刻根源的,由于数、时态、定冠词和不定冠词、支配关系和一致关系,以及形形色色罗列细节的结构,英语自然倾向于具体对象。因而大致说来,当我们谈到英语诗中的意象时,两种"具体"意义的混淆是不易澄清的,但这也并无什么妨碍。

相反,汉语是一种指称抽象的语言。当这一特点运用于近体诗时,我们注意到它的意象部分有一种明确的非现实感(请回忆一下第二部分第六节中所讨论的杜甫与李商隐之诗),它没有真实的时空指向。如果一个名词没有指称这个或那个具体对象,那么它的指称就不是个体而是类型。同时,通过那些性质词的密集,近体诗的意象产生了生动的效果。近体诗这种感觉的具体性与指称的抽象性共存的特点,可以被认为是迥别于意象派关于意象构成理论的重要例证。

三、动词和动态意象

(一)导言

按照费诺罗萨的观点,自然界中力的转移是以"farmer pound rice"(农夫舂米)的形式表现的,这是一个及物动词句,其语序是施动者——动作——动作对象。我们原则上同意他的观点,同时想提几个问题:第一,"farmer pound rice"的形式虽然传达了一种活动,但它很难被视为动态的典型,那么,动态意象是如何构成的呢?动力的强度等级又如何划定?产生动作和变化的语言特征是什么?第二,"to pound"(舂)是一个及物动词,但并非所有的及物动词都是动态的,而其他动词的动态更弱,那么,动词还能表现别的什么作用呢?第三,费诺罗萨描述了力的转移和与之相应的语法结构——两个词之间的贯通,他的基本观点是连接,其中因果动作只是一种特殊形式,那么,一般说来,分离的对象在诗中是怎样连接的呢?

对于近体诗研究来说,这些都是重要的问题。中国人对于自然界中的生命过程有强烈的自觉意识,这种自觉意识在儒家和道家的经典中有相似的表述。《易经》曰"生生不息",《老子》曰"道生一,一生二,二生三,三生万物"。这种如此深刻地根植于中国人思维方式之中的观念肯定会在中国诗歌中有所表现。也许正因为表现了自然界的这种生命意识,才使得谢灵运的两句诗千古不朽——"池塘生春草,园柳变鸣禽"。

在中国的艺术批评中,一个赞扬绘画效果栩栩如生的术语叫"气韵生动"。像绘画这种本质上属于静态的艺术形式如何传达生命力和运动,这个问题不在本文的研究范围,但从诗的角度来说,也有一个相似的问题。我们已经注意到近体诗中简单意象的普遍存在,一首仅仅由名词意象组成的诗必然是不连续的和静止的。这说明我们的考虑是有普遍意义的,但是,由于没有提出一个令人感兴趣的具体事件,它不能感染或打动我们。简言之,一首仅由名词意象构成的诗缺乏各种使诗"活"起来的特征:自然界中的生命

过程和各个动因之间相互的动态联系。理想的动态意象是应该包括这些因素的,下面这个例子就比较接近这一点:

> 细草微风岸,
> 危樯独夜舟。
> 星垂平野阔,
> 月涌大江流。
>
> (486)

第一联的静态意义与第二联的动态意义之间有种强烈的对比。头两句完全由并列的简单意象构成,其中只是通过肌质、通过性质上的相似发生一点微弱的联系,"细"与"微"都是"小"的意思;"危"和"独"都有"单个"的含义。活动的场所有了,但没有发生动作。第二联中两句的结构都是动词+名词的结构。虽然第一个动词("垂"和"涌")都是不及物的,但它们却贯穿于两个对象之中,就像音乐指挥打3/4拍时的手势那样,每句诗都在一划而过的运动中包括了向下与向旁的两个动作。"星"与平野相连,"月"同大江相接,"星星落在无垠的平原上,月亮涌入奔腾的大江"。这里还有一种动力强度上的差异:第三句仅仅勾勒出一个大致的轮廓并预示了将要发生的动作,第四句则是真正的活动,它所表现的雄伟意象传达了搏动于月亮与大江之中的宇宙之力。

在这种分析中,我们运用了中国哲学中的两个基本范畴:"动"与"静"。它也可以应用于杜甫的一首名作:

> 迟日江山丽,

>春风花鸟香。
>
>泥融飞燕子,
>
>沙暖睡鸳鸯。
>
>（CTS2475）

前两句所表现的内容是静态的和一般的:"江山"、"花鸟"是类名,形容词"丽"和"香"在这里用作静态动词,传达的是一种静态性质。后两句则给诗注入了生命和运动,每一句都包括一个倒装:"飞"和"睡"本来应在主语之后,可现在都位于主语之前。这两句都有两种读法:一是把"飞"看作使动词,冻土的融化宣告了筑巢季节的来临,因而使燕子翩翩飞舞。按这种读法,我们感到的力的转移是客观的,是沿着施动者——动作——动作对象的顺序进行的("泥融"是一个作为全句主语动因的次级句子);另一种读法是把该句看作简单倒装的范例:"泥融,燕子飞"。这时,力的意义便有了一种主观的源泉。为什么呢？我们关于自然界中力的概念是与我们自身克服障碍排除阻力的动觉与动力感紧密联系的,正如大卫·休谟（David Hume）所说的那样,前者只是后者的投影,是后者的一种人格化现象。当我们克服某种障碍时,便感觉到力的存在;克服的障碍越大,感觉的力也越强。和任何句法错置一样,倒装也就是在我们前进的路上设置障碍,在解决问题、克服障碍的过程中,我们经历了力的颤动,于是,它便自动地反映到诗中。所以,这两种读法就成为力的两种反映:自我的力和世界的力,尽管由于我们完全沉浸于诗中,只能感觉到动态效果而没有意识到它们的不同来源。

至此,我们已简略地叙述了创造过程的概念所依托的理论背景,并对它在诗中的表现给予了某些解释。在第三部分第三节中,我们将指出近体诗中的动态意象是怎样构成的。但是，在提出这个问题之前，我们似乎应使讨论的焦点更集中一点。众所周知，汉语语法中没有时态，在书面语中有诸如"矣"之类的体态助词，但它在近体诗中很少出现，像"着"、"了"、"过"这种现在广泛使用的体态助词，在唐代要么根本没有出现，要么刚刚开始尝试性使用〔9〕。总之，近体诗的语言缺少明确的时间标志。另一方面，我们所说的生命和运动、动作和动力、生命过程和力的传递，都是变化的不同形式，而变化只能体现于时间之中：当一个特定的变化发生时，它便把一定的时间连续划分为过去、现在和将来。那么，在缺少明确时间标志的近体诗中变化的意义是怎样表现的？这将是本部分的主要问题。

根据我们的观点，动词是构成动态意象基本的、不可缺少的成分，这一点会很快得到证明。我们将致力于建立汉语动词的类型学并确定它的各种动力等级。很明显，并非所有的动词都是动态的，那么非动态的动词在诗中能产生什么样的诗意效果呢？这就成为下一节讨论的主题。

（二）静态动词

作为开场白，我们先看一下本节的标题"静态动词"，实际上，这个标题用词不当。诸如系词"是"这种动词具有内在的静态性

---

〔9〕 王力，《汉语史稿》中册（北京，1958），304—312页。

（正如英语中的动词有些动作性强，有些动作性弱），其他的动词也都是既有静态的一面，又有动态的一面，如果这些动词出现在特定的语境或从一个特殊角度加以分析，它们的两方面特征都会得到相应的突出表现。一个更确切的标题应该是："静态动词和其他动词的静态特征"。

与英语不同，汉语中出现在谓语位置的形容词无须系词连接，在这种情况下，它被称为"静态动词"。静态动词通常表示性质。在"迟日山河丽，春风花鸟香"中，两个静态动词本身没有任何动的痕迹；"水碧沙明两岸苔"（810）由名词+形容词，名词+形容词向名词+名词的滑行，丝毫没有改变全句的静态基调；与此相似，"雉飞鹿过芳草远"（618）中，虽然前两个短语的谓语（"飞"、"过"）是不及物动词，后一个短语的谓语（"远"）是静态动词，但全句仍描绘了一幅宁静的田园风光。在这样的语境中，无论是作为名词的修饰还是作为限定性谓语，形容词只能表示一种感觉特征。

名词的性质倾向被"色"、"声"之类的抽象名词所强化，这种抽象名词不仅确定了感觉器官，而且给读者指明了感受的性质，与此相应的动词则指向感觉活动的起因和完成。这些动词的活动和努力程度都有所不同，古代汉语在动作任务与动作完成之间的区别是造成这种不同的部分原因。《礼记》曰"视而不见，听而不闻"，每句中前一个动词是任务动词，后一个是完成动词，这种完成动词和现代汉语中的"看见"、"听见"是对等的。一个完成动词可以完全无须努力，像陶潜的名句"悠然见南山"；王维的"临风听暮蝉"（422）则表明了较多的努力，因为"听"是任务动词。在"风鸣两岸树，月照一孤舟"（438）中，使动词"鸣"传达了力的存在。此外，这些动词还都强调了感觉特征：月亮的明亮，树叶的低吟，暮蝉的喧噪。

　　动词与名词共同强调特征的情况可以借杜甫的诗句加以说明,"鸟去鸟来山色里,人歌人哭水声中"(618)。前一句中的"去"、"来"是描绘纯粹视觉范围中鸟的飞行路线,"色"则为全句定下基调;后一句中的"歌"、"哭"则指明纯粹听觉范围内的声音,又以"声"定下全句的基调。与表示感觉的动词紧密联系的是表示认知的动词,它们强化着所表现的情绪与特征。在"估客昼眠知浪静,舟人夜语觉潮生"(603)中,"知"所强调的是"眠"与"静"的沉寂;"觉"所强调的是"潮"和"生"的活动。在"碧知湖外草,红见海东云"(CTS2527)中,被强调的特征是颜色。对于表示感觉和认知的动词,我们的结论与对非限定形容词(如"明月"之"明")的结论是相似的;从某种意义上说,一句诗中所表现的景物必然是为诗人所见的,所以"看"、"知"这类动词的过多使用,目的不在于增加新的事物而是强调已经表现过的东西。

　　表示姿态和位置的动词是有助于视觉形象的,因而它们也主要是静态的,检验的标准是看它们所在的诗句能否用一幅画加以说明。李白的"白首卧松云"(456)是很轻易地达到了这一标准。除了"卧"以外,表示姿态的动词还有"立"、"坐"、"倚"、"垂"、"眠"。表示位置的动词可以用"黄河远上白云间"(796)来说明,"上"就是一个位置动词,它主要强调的是静态,所以把"上"译成"above"(在……之上)比"rise"(上升)更为合适。

　　还有一种动词,可以被看作及物动词的静态形式,它们出现在两个名词之间而缺乏动态行为,我们称之为关联性动词,系词"是"就是一个典型例子。从费诺罗萨和庞德开始,或许更早一些,系词就蒙上了一个坏名声,在那些用英文写作的指控系词的文章中,诗歌理论家常常强调中国诗在不用系词的情况下所取得的成就,并认为这种成就正是得益于系词的缺乏。其实,这个观点并不完全正确,近体诗中是出现过系词的。当系词出现时,它表示了两个词之间的等同,并传达了某些与这种等同相抵触的言外之意,换言之,"是"暗含了"不是"或"也许不是"。

> 誓扫匈奴不顾身,
> 五千貂锦丧胡尘。
> 可怜无定河边骨,
> 犹是春闺梦里人。
> （838）

这首诗通过截然相反的两种结局实现了它的反讽效果——从爱国的美名到轻易捐躯,从被遗弃的白骨到充满爱怜的春梦。"是"在这里起了关键的作用:它说的是"犹是",可暗含意义却正相反,"曾经是但现在已不再是"。

> 金陵津渡小山楼,
> 一宿行人自可愁。
> 潮落夜江斜月里,
> 两三星火是瓜洲。
> （827）

这首诗写于诗人欲往瓜洲而滞留南岸金陵之际,因为孤月斜照,天色漆黑,辨物不清,所以,在由"是"构成的"三两星火"与"瓜洲"的等同中,诗人承认了在寻找进一步证明时的怀疑。在李白的"床前明月光,疑是地上霜"(764)中,这种含混的等同由"疑"字明显表示了。白居易的一首七绝是以"却望并州是故乡"(826)结尾,诗人曾在远离故乡的并州滞留十年,"并州不是故乡"。这个事实通过"是"的内在歧义得到反讽的陈述。

当名词并列时,它们便自然进入了肌质联系,这些联系包括相等、相似、相对和相反。系词的介入使这些联系中的某一种变得突出起来,于是也就触发了相对方向的反应。同样的理论也可以解释为什么近体诗中隐喻很多而明喻甚少。"浮云游子意,落日故人情"(457)中,向前的趋势足以把每句中的两个名词带入一种隐喻关系:"浮云像是游子的心意……"

诸如"似"、"如"之类构成明喻的动词,如果仅仅以表示相似为目的,那就是多余的。然而,"似"暗含了"不是","像"则提醒"在某些方面不像",它们都转变到相反的意义,这种双重性的确成为它们在近体诗中出现的标志。

> 西原驿路挂城头,
> 客散江亭雨未收。
> 君去试看汾水上,
> 白云犹似汉时秋。
> (807)

最后两句是汉武帝《秋风辞》的回响,而且充满了传统的色彩。朝代更替,白云依旧,所以,诗人以"似"的运用,注入了一种不确定的意味——岁月的流逝也许改变了汾河上空的白云。下面两句诗出自杜甫的《孤雁》"望尽似犹见,哀多如更闻"(489),这只孤雁已经离开了它的伙伴,"似"与"犹"的运用,传达了诗人深深的绝望,因为它们的内在歧义使人清楚地意识到:所谓"见"和"闻"都只是一种幻想,远离的伙伴是不会再见了。

关联性动词的另一种形态是连接空间上毫无联系的对象。"六朝文物草连空"(617),"瞿塘峡口曲江头,万里风烟接素秋"(587),这些诗句中的联系都是由动词"连"、"接"体现的。另外一种空间连词则是同动词:"江间波浪兼天涌,塞上风云接地阴"(581),"白日依山尽"(762)。

在"六朝文物草连空"中,第一部分"六朝文物",是对昔日繁盛文化的回想;第二部分则用"草连空"描绘了如今的荒野。通过两部分的并列,这句诗的形式暗示了今昔之间的时间距离。杜甫的"瞿塘峡口曲江头,万里风烟接素秋"运用了同样的方法。第一句的前后两部分及一、二两句间的关系都是并列的,是诗人远离故乡的现实境况的模拟;第二句明显表现了另一种不同的意象,即表示连接的意象:"风烟"是"烽烟"的同音词,后者意为"烽火",这是战争的传统象征,而战争则是迫使诗人背井离乡的原因。于是,在这两个例子中,连接在一起的意象却互不相干,而它们又与分离的象征并列。唯一的不同是:杜甫用两句所造成的效果,杜牧只用一句就实现了。

为什么连接动词和连动词有这种特殊的效果呢?一个简单的原因是:空间的连接产生距离,而距离则是分离的动因之一。因此,诸如系词和构成明喻的动词("似"、"如"、"像")之类的空间连接词都有一种内在的歧义可能。

（三）动态特征

我们拟从以下七个方面讨论那些能够给意象注入生命和运动的语言特征：(1)引申的用法，(2)静态动词，(3)时间词和地点词，(4)时间副词，(5)及物动词，(6)倒装，(7)使动结构和兼语结构。

引申的用法和新颖的观察

一般说来，形容词是静态的，但当一个形容词进入某种新颖关系时，它所构成的诗句也许能给整首诗带来生气。在"滩月碎光流"(500)中，用形容词"碎"来描绘反射在沙砾上的月光是恰到好处而又引人注目的，在"孤灯寒照雨"(500)中，形容词"寒"被当作副词，巧妙地概括了一种感觉经验。这两句诗表现了两种引申的用法：前者是语义范围的引申，后者是词类的引申。

引申的用法不仅限于形容词。"边草夏先秋"(418)中的"秋"用作动词，鲜明地表现了边地的干旱与贫瘠；"微阳下乔木，远烧入秋山"(516)中的"远烧"指太阳，而且"烧"已由动词变为名词。

前面已经说过，近体诗的用词一般是偏重于普通词语和经过时间检验的词语，它们能赋予诗一种稳定感和似曾相识的意味，正如荷马式的词语和定型化的表述一样。在这种背景下，当一种新鲜的观察以新颖的语言表现时，它将是十分醒目的。上面的例子还能说明一种更重要的现象，即它们都传达了一种明确的意义。它们所描写的事件是独特的，而且只能出现在非常特定的环境中。为什么说这一点更为重要呢？在讨论简单意象时我们已经指出，汉语的名词通常只有一般性指称，虽然它们的概括程度或有不同；

赋予英语名词以特别指称能力的那些句法条件,如罗列句法、指示性冠词等,是汉语所不具备的。那么近体诗如何表现特殊的对象呢?在对动词性谓语的初步探讨中,我们也曾提出过这个问题:在缺少时态和体貌标志的条件下,一首诗怎样表现时间与变化?为了回答这两个问题,我们现在提出一个基本的原则:在近体诗中,特殊性与暂时性是彼此蕴含的。这个原则显然不适宜于英语诗,因为"丁香花开在知更鸟的巢边……"和"玫瑰,多刺的玫瑰,残损而凋零"是特殊的,但也是静态的;而在近体诗中,这个原则往往是很有效的。作为共相的一般是无法活动的,能够活动的只能是具体的个体。由此引申,由于汉语名词很近似于一般,所以它们是不能单独活动的。一个昆虫停在饥饿的青蛙身旁,它可以通过保持绝对的静止状态而与整个环境融为一体;然而只要它稍有活动,便使自己作为一个特殊的个体从环境中暴露出来,因而引起青蛙的注意。青蛙所注意到的,只是以其运动方式从环境中脱离出来的个体,也许不知道这个体究竟是飞蛾还是蚱蜢。换句话说,只要有了运动,就会有充满活力和动作的个体,当然,这并不妨碍活动的个体又属于宇宙之力的具体性共相(the concrete universal of cosmic power)。相反,我们的时间意识依赖于特殊的事件,当没有任何事件发生时,当我们被禁锢于永恒之中时,我们就失去了时间意识。所以,只要特殊性是包含在事件(events)而不是物(objects)之中,特殊性的任何变化形态都蕴含着暂时性。

在上面的例子中,词的新颖用法本身就是有助于生动描写的因素。此外,"远烧"、"碎光"等词,以其新颖性唤起人们对它们所描写的事物独特性的注意。然而,这些诗句所传达的生命与运动是相当微弱的。为什么呢?正如费诺罗萨指出的那样,动作应以动词作为主要媒介,然而在这些例子中,新颖和动态却不是出现在同一位置上,如在"远烧入秋山"中,"烧"是动词作名词的新颖用法,而主要动词"入"却是中性的、相当普通的。在下一节中,我们将会看到:动词新颖性和特殊性的重合是怎样产生较强的动态意义的。

最后,我们应对"新颖的观察"或"新颖的事件"做一个清楚的说明:"新颖"并非指某种别人不曾见过的事物,否则就很难或根本不可能产生移情;如果一种观察超出了通常的诗歌表达的范围,它便是新颖的。认识的活动常常伴随着新颖意象的发现,曾经见过的事物,经过适当的描写,我们又将重新认识它。

静态动词,不及物动词和平行结构中的对句

在五言近体诗中,有一种相当普遍的对句形式,每一句的头两个音节指明条件,后三个音节则描述在此条件下发生的事件。这后三个音节的构成是这样的:两个表示名词主语的音节接一个静态动词或不及物动词。如下表所示:

1	2	3	4	5
		主语		动作
条件			结果	

此外,对句中的两行诗结构相同。在格律诗中,这种形式的对句大量地出现在诗的中间位置,每个重要的唐代诗人都用这种形式写下了著名的诗句。这里,我们的主要目的是指出这种结构形式的动态可能性。

"日落江湖白,潮来天地青"(430)。在汉语中,条件句和结果句常常是自然衔接而无须任何诸如"如果……那么"或"因为"之类的逻辑关联词。前一句的意思是"当日落之际,江湖变成白色",英文译作:"as the sun sets, river and lake turn white."或是"river and lake become white."我们怎样感觉到由"turn"(变为)或"become"(成为)体现的变化的呢?首先是江湖在日落之际呈现的颜色,"become"正是表现了这种因果联系。再者,颜色的交叉变换引出了特殊环境中的两件特殊事件:江、湖通常是绿色或蓝色,但在此处,它们却呈白色;天空常为青色而大地却不是,它们此时所表现的青色则应归因于潮水的映衬。正像两点成一线那样,这里,两个特殊的事件构成了一段时间。所以,这些事件传达了时间的暂时性,只有在这短暂的时间里,这两件事才能同时发生。这种过程中的变化意义就是"become"或"turn"的第二个来源。

这个例子和下面将要列举的其他例子,对我们的基本理论都是重要的。前面,我们注意到静态动词一般是静止的,例如,在"水碧沙明两岸苔"中,由于静态基调的持续,名词+静态动词的结构很容易变成名词,这幅景象是在永恒性的幻觉中被观照的。我们这里所要做的主要界定是:名词+静态动词的结构(如"江湖白"、"天地青")有时确实表现了时间的暂时性,但条件—结果结构与通过对句形式而获得的互相强化的暂时性是有所不同的。上面这个例子也能说明一种明确的分工:"天地"和"江湖"是类名,因而表现了一般性;而特殊性是由动词谓语和句子形式传达出来的。

"地卑荒野大,天远暮江迟"(480),这句的语法结构同前一句完全一样,也使用了相近的类名。它的意思是:当地势平坦时,荒野显得比平时更大;因为天际辽远,暮江流到天边的时间更久。这里"迟"作为"江"的形容词谓语便是一种新颖用法,它使这幅图景别具特色。

然而,这种独特意义并非只有通过独特的事件(青与白的交叉出现)或新颖的语言("暮江迟")才能表现出来。下面的例子说明,一种特殊的条件也能产生同样的效果。"国破山河在,城春草木深"(470)中,"在"是一个动作性较弱的动词,近体诗中一般避免使用,但每当它出现时,它的内在倾向所暗示的相反意义就会呈现出来。河山的存在通常被看作理所当然的,但当国家破败之际,河山尚存则会使人感到惊讶甚至痛苦,所以,这里就有了一个显而易见的暗示:虽然河山犹在,但它们或许不会久存了。"春"和前例中的"秋"一样,是一个用作动词的名同,它所暗含的时间意义需要这样译成英文:"as spring comes to to the city, grass and leaves grow thick"(当春天来到这座城时,草木已长得很茂密了)。"草枯鹰眼疾,雪尽马蹄轻"(433),这两句诗也是以条件—结果的结构出现。

"细雨鱼儿出,微风燕子斜"(CTS2455),这两句和前面例子的唯一不同是其条件由形容词+名词的复合结构所表现而"出"是一个不及物动词。"大漠孤烟直,长河落日圆"(435),这幅景象出现在非常平坦而沉寂的广阔沙漠上,"大漠"和"长河"陈述了条件,"直"和"圆"表现特殊的效果——这种特殊性是因为烟并不总是直的,日也不总是圆的。只有在这种特定的环境中,它们才能有这种特殊的表现。

适当的静态动词出现在表现动作的位置上,这一点也是重要的。如果把上例改成"大漠直烟孤,长河圆日落",我们就会感到兴味索然,因为条件之后没有紧接相应的结果。这一点就更证实了前面所提出的原则:只有当动词的新颖性和特殊性重合时,诗句才能获得动能量。

共时性可以不借助对句形式表达。例如"月落乌啼霜满天"是由三个复合结构——代表三件同时发生的事件——组成的诗句，这三件事把时间界定为黎明前夕。同样,结果的意义也可以用其他形式表现出来。在"江动月移石,溪虚云傍花"(CTS2487)中,每句的前一部分是陈述条件,而这时的结果则以名词+动词+名词的形式出现:当江动的时候,月的倒影在石上移动;当溪水清浅时,云的倒影在轻触花朵。同样的结构也出现于"野旷天低树,江清月近人"(CTS1668),虽然因果关系和共时性彼此独立,但当它们一起出现,即出现在处于平行结构的、由两个条件—结果句式组成的对句中时,它们便彼此加强了对方的动态效果。

时间词与地点词

时间词和地点词强调的是观察事件的角度,因而它是暂时性的。下面一联诗所描绘的是一幅相当普通的景象:"日出寒山外,江流宿雾中"(483),但"寒山"和"宿雾"的出现,使"日出"和"江流"由一般变为特殊。王维的名句"江流天地外,山色有中无"(432)也可以用这种方法分析:"有"、"无"虽是高度抽象的概念,但与"山色"接合,则构成了相当突出的静态意象。在"晨钟云外湿"(CTS2494)中,几个特征结合表现了特殊性:地点词"云外"划定了地方,"晨"界定了时间,把钟声说成"湿"是词的引申用法。从山顶寺院中发出的钟声,传到身在江舟的诗人耳里时,仿佛已被云雾润湿了。另一个产生通感的例子是:"碧瓦初寒外"(CTS2387),其中"初寒"是时间词与地点词的交点。几乎任何一种名词都可以表示地点,李白诗"山从人面起,云傍马头生"中的"起"和"生",表现的是动作,而"人面"和"马头"则确定了准确的地点。

在上一节,我们讨论了空间条件与时间条件,例如"大漠孤烟在,长河落日圆"。这些条件与本节讨论的时间词与地点词的密切关系是显而易见的。唯一的不同是,时间词与地点词出现在名词主语之后,它们以"中"、"外"之类的定位词为标志,而且用法也更有限。

时间副词

事件的形态和轮廓通常是用体貌助词表现的,这一点在古代汉语和现代汉语中都一样,但是近体诗中很少使用体貌助词,这些助词的作用几乎完全由时间副词承担。我们在前面见过两个这种副词的例子:"春风又绿江南岸"(第一部分第二节),"落日心犹壮,秋风病欲苏"(第一部分第四节)。但是,它们的范围和种类有待进一步的说明。

"又"表示变化,"犹"表示持续,它们代表了时间的两个主要方面,我们也据此把时间副词分为两类:

 A. 变化副词:
  我辈复登临(440)
  忽过新丰市(433)
  始见香炉峰(440)
  尝读远公传(440)
  游女尝解佩(445)
  时有落花至(445)
  白头搔更短(470)
  已近苦寒月(479)
  春色正东来(495)

明时方爱才(495)

春风吹又生(505)

B. 持续副词：

永怀尘外踪(440)

长在汉家营(413)

常随步辇归(454)

每出深宫里(454)

辞家久未还(516)

勋业频看镜(487)

望尽似犹见(489)

及物动词

及物动词的思想基础是动态连接，它是力从主语向宾语的转移。因此，一个最充分反映这种力的转换的句式应是包括主语、动词和宾语的完整句。虽然汉语中主语经常被省略，我们仍然可以根据后面所接的宾语，辨认出及物动词。当然，在这种情况下，动力效果多少有些减弱。

连接是一个非常基本的思想，没有动词的连接，一首诗将会变成一个并列名词的集合。在第三部分第二节中，我们曾通过对系词和"似"、"如"之类构成明喻的动词的分析，讨论过静态连接。现在，我们将继续这种讨论，除了及物动词的连接作用，我们还要根据它们的动力程度和变化，分析及物动词本身。

人类的感觉器官不同于低级生物的触器，它不能做明显的活动。但我们的眼睛和耳朵是伸向外部世界的。像"见"、"闻"这类感觉动词代表了感觉活动的完成，所以它们是静态的；而其他的感觉动词则要求更多的努力和能量。在"临风听暮蝉"(422)和"闺中只独看"(469)中,任务动词"听"和"看"都表现出很强的努力意义;动作意味更强的还是表示感情的动词,像"怜"、"忆"、"感"、"恨"。"遥怜小儿女"(469),"空忆谢将军"(462),"感时花溅泪,恨别鸟惊心"(470),这里,努力变成了渴望。

地点的动态表现就是位移,表示位移的动词以动态的形式连接空间中的事物。"征蓬出汉塞,归雁入胡天"(435),这里的"出"和"入"分别把蓬草与关塞、野雁和天空连接起来。尽管这些表示感觉、感情和位移的动词所产生的连接是动态的,但在另一种意义上,它们却又是中性的。它们不能影响或改变对象,因为这种动态连接需要另一类及物动词。

"气蒸云梦泽,波撼岳阳城"(438)中的"撼",是一种运动和撞击;"蒸"则是空气在湖上产生的变化。在"岸风翻夕浪"(492)中,力的转移结果通过"翻"表现出来。有时,甚至当主语或宾语被省略时,特定的及物动词仍能有力地表现运动和变化。"樽里遇风雨,窗前动波涛"(496),第二句省略的主语应是某种自然力,它使及物动词"动"显得格外有力;"野火烧不尽,春风吹又生"(505)中"生"的宾语是"草",虽然它被省略,但春天的再生之力仍被很好地表现出来;"暮霭生深树"(511)一句,或可读作"暮霭从深树中生起",但另一种读法似乎更好,"茂密的丛林生出了暮霭"。

有些及物动词暗含了使动用法。催X是要使X快点,送X是为了使X朝一定的方向运动,在这些情况中,宾语X都经历了变化。例如:"雨送酒船香"(514),"日气含残雨,云阴送晚雷"(412),"淑气催黄鸟,晴光转绿萍"(412),"寒天催日短"(491)。在最后一例中,"日"是一个兼语词,它既是"催"的宾语,又是"短"的主语:"寒天催日并使日短",按照这种读法,及物动词"催"就蕴含了使动用法。

"连"、"接"的反义词是"断"、"绝"、"分",前者是联合,后者是分离,两类词都表现了力。下面两例都是写云:王维的"云黄断春色"(425),杜甫的"浮云连海岱"(465)。前者展示的是动作的阻断,后者表现了动作的连接;然而,分离与连接实为一体两面。诗句若改作"浮云分海岱",那如画的意象仍能保存;"云黄断春色"则和"万里烽烟接素秋"有一种明显的类似。这里所表现的原则前面曾几度提及:同一性动词和关联性动词都有一种内在的、向自己对立面转化的倾向。

倒装

和任何连贯的文字叙述一样,诗歌也具有一种内在的前趋力,当句法倒装打断了自然的流动时,律动和力量均得到了强化。因此,倒装也可视为一种动态特征。

一种常见的倒装以这样的形式组成:地点词+不及物动词+名词。动词应在名词之后,而倒装却使之移到前面了。"画壁飞鸿雁,纱窗宿斗牛"(420)、"檐飞宛溪水,窗落敬亭云"(459),这两联中的运动都是通过"飞"的使用和句法倒装表现的。即使是描绘静态景象,描绘方法的本身也可以传达生命力。"荒庭垂橘柚,古屋画龙蛇"(485),这一联的意思是:在一座荒废的庭院里,树上结着橘柚,古屋的墙壁上画着龙蛇的图案。正是通过前一句中名词和动词的倒装及后一句中使定语位置上的动词成为主要动词的方法,诗人成功地创造出一幅幻象:"垂"和"画"在这一瞬间都栩栩如生地动了起来。

倒装的另一种常见形式接近于静态动词或不及物动词的使动用法,因为汉语中的使动句构成是把静态动词或不及物动词移到名词主语之前。无论英语还是汉语,一个句子能否成为使动,取决于动词的选择。在考虑"to wet the towl"(弄湿毛巾)或"to warm the soup"(加热汤)时,我们感觉"wet"(湿)和"warm"(热)不是使动词而是形容词和及物动词;在"to sun his back"(晒他的脊梁)或"to ground an incompetent pilot"(训练一个不成熟的飞行员)中,我们更相信"sun"(太阳)和"ground"(土地)基本是名词而只是被引申作动词。这种自信在阿伦·泰特(Allen Tate)的例子中则成为确定无疑:"The idiot greens the meadow with his eyes."(这个白痴用眼睛绿了这片草地。)"greens"(绿)毫无疑问是形容词的使动(或假定)用法。这些例子都足以说明:一个动词是否应被当成使动词,取决于它作为一个及物动词出现的频率。

近体诗中的情况则要含混许多。使"greens"用作动词的标志是"-s",而在汉语中却没有对应的东西。此外,汉语一向允许倒装和某种类似使动的用法。这就必然导致在散文中词的配置失去了应有的规范,并使我们很难在倒装和使动之间做出确定的区别。我们再重温一下前面的例子——"泥融飞燕子,沙暖睡鸳鸯"(CTS2475),这联中的每句都包含了两种结构型,以第一句为例:(A)使动的,"泥土的融化(宣告了筑巢季节的到来,并)使燕子飞";(B)倒装的,由"泥融燕子飞"倒装成"泥融飞燕子"。从理论上说,这句还能以另一种更简单的形式出现;(C)简单的,"泥融,燕子飞"。无论以哪种方式读这句诗,我们都会感到生命和运动。如果用(A),使动词"飞"以其及物动词的地位表现了力的转移,以其意义指出了运动的结果;如果用(B),倒装阻碍了前趋运动,从而产生动态张力;如果用(C),暗含的条件—结果结构表现了因果动作。在这三种情况中,也许使动的动态效果最强。

换句话说,只要我们把一个具体的词放入某种可以讲通的语序之说,就能得到动作句法。不过,上联诗还可以有另一种同样重要的读法,它是把这两句诗看作静态的、独立性质的集合:暖("泥融"),动("飞"),敏捷("燕子")/暖("日暖"),安静("睡"),安详("鸳鸯")。因此,重要的不是某种"真正的"语法结构,而是应该记住:一句诗既有静态的、性质的一面,又有动态的、句法的一面。就此还可以举出一些类似的例子,如"凿井交棕叶,开渠断竹根"(CTS2487),"春日繁鱼鸟,江天足芰荷"(CTS2558)。

还有一种倒装涉及了主语和宾语的互换,它虽然更复杂,但原理是一样的。"泉声咽危石,日色冷青松"(425),它的可能读法有(A)地点:"日色在青松中冷";(B)简单倒装:"在日色中,青松冷";(C)使动加主、宾互换:"日色使青松冷"。这三种读法中还潜存了一些独立性质:白和暖("日色"),冷("冷")青和冷("青松")。同样的分析也适用于下列诗句:"乱云低薄暮,急雪舞回风"(CTS2403);"烟霜凄野日,粳稻熟天风"(CTS2501)。

使动结构和兼语结构

费诺罗萨分析了力的转移的语法形式:施动者——动作——动作对象,实际上,在整个传递过程中还有第四个因素,即力作用于对象所产生的效果。在使动句中,动作和效果都是由使动词表现的:动作由动词的语法位置表现,效果则包含在动词的语义内容之中,如"春风又绿江南岸"。所谓兼语式包括了名词$_1$ + 动词$_1$ + 名词$_2$ + 动词$_2$的语法结构和施动者——动作——动作对象——效果的语义形式,它是以第二个动词表达动作效果。"大声吹地转"(490),这句的意思是:"洪亮的声音吹着地球,并使它转动","地"同时充当着"吹"的宾语和"转"的主语,所以这是个兼语。在上面两种句型中,动词在主语和宾语之间转移力,并使它们之间产生动态联系;读者也能获得这样一种感受。能量穿过对象,并以转化了的形态在另一端出现。

在王安石的诗句"春风又绿江南岸"中,我们不仅看到了最终结果,而且,还有一则故事可以告诉我们,他是如何做出这种选择的。

> 吴中士人家藏其草,初云"又到江南岸",圈去"到"字,注曰"不好",改过"过";复圈去而改为"入",旋改为"满",凡如是十许字,始定为"绿"。(洪迈《容斋续笔》卷八)

我们可以推想王安石最终选定"绿"的理由:"到"、"过"、"入"、"满"都是及物动词,只能表现动作,不能表现效果;使动词"绿"则兼括了力的活动和结果的生动性质。由此,我们完全有理由判定:王安石对使动句所具有的较大能量是有所自觉的。

"感时花溅泪,恨别鸟惊心"这联诗在英文翻译中,"花"和"鸟"分别被当作了"溅泪"和"惊心"的主语。但早在宋朝,司马光就说过:"花鸟,平时可娱之物,见之而泣,闻之而悲,则时可知矣。"这种解释暗示"溅泪"和"惊心"的正是诗人自己;同时它还表明"溅"和"惊"在这里是用作使动词,因此,这两句应读作"花使我溅泪,鸟使我惊心"。虽然两种读法都是可能的,但使动用法的确传达了一种特殊的力量。

在讨论动词的静态特征时,我们曾对"听"、"闻"、"视"、"见"、"鸣"、"说"这些强调视觉或听觉特征的词做过考察。但是,像"鸣"这样的词,一旦用作使动词,便会产生进一步的效果,如:"风鸣两岸叶"(438),这里的意思是"风使叶鸣"。正如"绿"把力的传递和鲜明的色彩合为一体那样,"鸣"也包含了使动性动作和听觉特征。

兼语句的例子还有"寒天催日短"(491),"峡云笼树小,湖日落船明"(CTS2451),"石角钩衣破"(CTS2413),"楼雪融城湿"(CTS2411),"红入桃花嫩,绿归柳叶新"(CTS2438)。

上面所说的兼语结构是现代汉语中动词+结果补语的原型。"石角钩衣破"用现在的话说就是"石角钩破衣"或"石角把衣服钩破",原诗的结构是名词$_1$+动词$_1$+名词$_2$+动词$_2$;重新安排后的结构是:名词$_1$+动词$_1$—动词$_2$+名词$_2$,它使动词$_1$—动词$_2$成为动词和补语,其语义解释则为使动性动作和效果。由名词$_1$+动词$_1$+名词$_2$+动词$_2$转化而来的名词$_1$+动词$_1$+动词$_2$+名词$_2$的结构,在现代汉语中并非总是语法性句子,例如,就没有"笼小"或"落明"的说法,这种例外应当归咎于词汇的局限,但这条原则在一般情况下是有效的。

近体诗中也包括少量动词+结果补语的例子,这种情况也是在唐代的语言中才开始出现的:"松风吹解带"(CTS1267),"野火烧不尽"(505)这里"烧不尽"就包括了动词和潜在的补语。这是同时表现动作和效果的另一种方式。

在后面讨论推论语言时,我们还将涉及另一种兼语结构,它通常出现在诗的尾联,如"请看石上藤萝月,已映洲前芦荻花"(582)。这句的骨架是"看月照芦荻",其语法形式动词$_1$+名词$_2$+动词$_2$+

名词$_3$,动词$_1$("看")的主语省略是偶然现象。此外,这种兼语结构和前面已讨论的兼语结构相比,有两点重要的不同。第一,整个句子分散在两个连续的诗句中;第二,"看"仅仅强调其后所接的对象,并不是它的原因,而在前面的例子中动词$_1$("钩")是动词$_2$("破")的原因。所以,前面那种兼语式表现了动作的瞬时性特征,这不仅是因为整个因果运动是在五个音节内完成的,而由于动词$_1$是动词$_2$的直接原因;而我们将要讨论的第二种兼语式的作用则主要是连接和持续。

(四)拟人化

虽然每个诗人的信仰或许不同,但在诗中,他们却都倾向于万物有灵论,对于这些诗人来说,世上的一切事物都带有活生生的灵性。在中国,几千年来,中国人的世界观是以"生"作为其基本精神的。因此,中国的诗人给自然界的万物赋予人的思想和感情,是自然而然的。这就是拟人化。按照主语——动作——宾语的模式,拟人化就是把主语当人看待,由此而来的结果就是把生命和运动投射到诗中。

在雪莱的《西风颂》中,拟人化是通过运用人称代词和种类繁多的明喻实现的,这在英语诗中是很有代表性的技巧。实际上,雪莱的这首诗以西风为中心,运用了各种形式的拟人手法。但在近体诗中,一般没有人称代词,明喻也很少使用,而且组织松散,不以任何单个对象为中心,因而名词和代词都不能充当拟人化的媒介。

那么,近体诗又如何实现拟人化呢?

为了实现拟人化的目的,有一类副词被经常使用,如"自"、"独"、"相"、"俱"、"共"、"同"、"空"等等。"相看两不厌,唯有敬亭山"(756),山通常是无生命的对象,而这里却被诗人当作伴侣,山与诗人互相正视,而且谁也不觉倦怠;"明月来相照"(754),这里的明月不仅是来"照"诗人,而且也是来拜访他;"暗飞萤自照,水宿鸟相呼"(483),孤独是人类特有的感觉,这里却通过"自"来形容飞萤;"水流心不竞,云在意俱迟"(481),诗人以"俱"为标志,把水和云都看作自己的伙伴,从而表现了他悠然自得的心境。还有一些表示"共同"意义的词有时也被当作动词或同动词使用:"岭猿同旦暮,江柳共风烟"(415),"片云天共远,永夜月同孤",在这两例中,诗人把自然对象拟人化并使之成为自己的唯一伴侣,从而强调了他完全孤独的处境。

在这些词中,"空"算得上一个特别的词。它表达了一种价值判断,即毫无意义。在杜甫描写武侯祠的七律《蜀相》中有这样两句:"映阶碧草自春色,隔叶黄鹂空好音"(561),诸葛亮生前名声显赫,他的祠堂也曾门庭若市,可现在,碧草已漫上台阶,黄鹂在婉转幽鸣,无人能听,无人能见,也无人能记。

在一般情况下,"自"用以表达单数,"俱"则相当于复数,这类词只能应用于动词;而在欧洲语言中,单数和复数的区别,在名词和动词都有相应的表现。这也许是另一个理由,以说明为什么英语中的名词能表现个体性和特殊性,而汉语中却只是动词有类似的表现。

有些动词可以表现人类所特有的感觉、认识和情感,当它们被用于植物或动物时,也能实现拟人化。"山光悦鸟性"(448)中的

"鸟"是被"悦"拟人化的;"白发悲花落,青云羡鸟飞"(495)中的"白发"和"青云"也许可视为诗人感伤花落、羡慕鸟飞时的自身状况,但把它们看作是对诗人年龄与抱负的拟人化表现似乎更合适;"兔应疑鹤发,蟾亦恋貂裘"(489),这首诗的主题月亮是由兔和蟾代表的(依照传说,兔和蟾是住在月宫中的),兔怀疑自己变老了,蟾感到了阵阵寒意,这就是月亮徘徊中天的原因,于是,便产生了双重的效果:兔和蟾是被直接拟人化的,月亮是被间接拟人化的;"江青花欲燃"(766)中的"欲"本意是"要"、"想";"春风知别苦,不遣柳条青"(766)和前面的例子有所不同,这两句出现在诗尾,它是通过春风所知道的事情,道出了诗人的心声。

(五)小结

当批评家谈论动作句法时,他们可能想着两件事:一是环环相扣的能量流动和转换,这在莎士比亚十四行诗的错综句型和弥尔顿无韵诗的掉尾句中都有典型的表现。这种效果不太注重诗句说了些什么,而只要句子有足够的空间以形成并释放那些节奏张力就可以了。

我们在本部分的讨论重点没有放在动态句法的这个方面。近体诗空间最大的句子是由两个七言句组成的流水对,但它一般出现在结尾,这将在下一章详细讨论。同时,人们也许会注意到:句法的流动和变化所表现出的动态意义是主观的,它和其他的节奏性或半节奏性运动——音乐、舞蹈、体育——一样,是建立在我们心理结构的基础之上。我们在"新颖用法"和"倒装"中所进行的讨论,也是基于同样的主观原则,而且它们与动态句法的主观特征有某些共同之处。

动作句法的第二种观点以费诺罗萨的客观性与模仿性理论为代表,及物动词句最能反映自然界力的传递,因为它表现了客观世界的事物顺序:首先是施动者,由此动作流向对象。

我们认为费诺罗萨的看法有两点可取之处:首先,汉语的词序和英语大体相同,所以汉语中也有模仿自然的对应形式。费诺罗萨是意识到这一点的,因为他的理论同时针对汉、英语中的及物动词句。其次,费诺罗萨的理论很适用于最简单和最短小的句子,这一点非常符合近体诗句的简洁的特征。

但是,我们也做了一些修正。费诺罗萨的动作概念也许局限于机械动因的范围之内,至少,他的基本例证"农夫舂米"给人这种印象。然而,中国人世界观基本精神是"生",这就需要我们更加强调那些明指或暗示生命与感觉的动词或副词。我们还把费诺罗萨的三段式分析(施动者——动作——动作对象)扩到四个部分,以适应使动句和兼语句。

我们的一些例子选自传统的诗话。在这些诗话中,"诗眼"是一个很常见的术语,它的意思是"诗的眼睛"。眼睛是整个面目最受注意的部位。"诗眼"也是一首诗中最闪光的地方,是一首诗的生命所在。回顾这些诗话的历史,可以发现早期的诗话在谈"诗眼"时,主要是讨论动词:哪个动词更为恰当?一句中动词应处于什么位置?这些诗话的作者也许会同意我们的观点:诗歌语言的精彩主要取决于动词的卓越运用上。

四、推论和统一性句法

（一）导言

杜甫的《江汉》是以"自古存老马,不必取长途"结尾的。这个例子显示了几个值得注意的特点——之所以值得注意,是因为它们所说明的问题在许多诗的尾联中都有反映:流水对中的两句诗创造的一种连续节奏,以"不必"为标志的决断力量和由"自古"表现的时间回顾。本章的目的是:按照句法结构和诗意效果描述这种类型的尾联。我们将首先指出在意象与推论,或者说意象语言和推论语言之间存在的差异。

在一首诗的意象部分,变幻和奇想是与真实混在一起的,根本不存在孰真孰假的问题。在这种语境中不再怀疑并不意味着相信了诗人,因为灌输信任不是诗人的目的。一个意象的简要形式为:"它是如此如此",或干脆简化成"如此如此"。换言之,一个意象的作用是在头脑中绘出一幅画面或引发某种感觉,它是表现而不是判断,它诉诸于我们的想象而回避理解。根据这个标准,由并列名词组成的诗句是意象的诗句(如"鸡鸣茅店月,人迹板桥霜");一个简单的陈述句则被看作动态意象的媒介(如"暮霭生深处")。

按照我们的用法,一个推论主要是诉诸于理解力的,它的简要形式是"我知道它如此如此"或"我断言它如此如此",它要求真实并在现实与意象之间造成分裂。一个简单陈述句所表现的内容,根据其感官满足的强度,可以是意象,也可以是推论;但一个包含逻辑短语"不必"的句子,只能看成是推论。月、云、天、夜都属于自然,而拒绝和需要则属于概念的范围。出于同样的原因,虚拟、疑问、祈使语气的句子也都是推论性的。这些句子中的描写部分,即与陈述句相同的部分(如"这书是红的")可以是意象性的,但它们另外独具的部分——语气("这书是红的吗""如果这书是红的……")则只能由思维去理解。

人们常说:诗歌欣赏只能是间接欣赏而无法直接观照。这句格言很适合于近体诗,严格地说,适合于近体诗的意象部分。当我们彻底放弃对真伪的怀疑,当我们完全沉溺于眼前的意象之中时,我们不仅分享了诗人的态度,而且与他合为一体。而用"不必"这样的词所表现的只能是推论,是诗人以自己的声音说话,于是诗人便把自己暴露出来了。当诗人用"我"指自己,或用"你"称呼读者时,当诗人给诗注入了明确的主观评价时,他就走得太远了。读者不再是间接欣赏,而是被直接呼唤了。所以诗人自己充当主语,是推论语言的又一特点。

意象,特别是前面分析过的简单意象,是以直接的表象方式存在着的,无论我们把它限定于永恒的现在或无限的时间都关系不大。重要的是,在稍纵即逝的刹那,可以看见一幅完整的景象。如果把这刹那称为现在,我们就应该记住,这是一个既无过去、又无将来的现在。我们曾用"绝对时间"来描述简单意象的特征,这个术语的运用是恰当的:时间被说成"绝对的",是因为它除了"现在"

再没有别的意义。

相反,推论的时间模式是相对的,现在和过去或将来形成对比,"自古"就是产生对比的一种方法;另一种方法是运用典故。后面,我们还会看到表现展望意义的尾联。

在前面的讨论中,我们一直强调了近体诗的片断性特征,即诗中的意象部分。除了独立句法的几种变化,我们还注意到一句诗往往自成一个单位,对句的形式有一种妨碍自然流动的效果。另一方面,出现在诗末的推论句式,却有一种连续的动因。"自古存老马,不必取长途"就是一个由两句诗组成的兼语句式,其中的连续性是通过"老马"——它是第一句的宾语,又是第二句的主语——传递下来的。有一种尾联是整个前一句作主语,后一句充当谓语。此外,还有一种问答式的尾联。这些尾联的共同特征是:有一股冲力和前趋力量把倒数第二句带入最后一句。

意象性中联与推论性尾联之间的区别可以总结如下:

中 联	尾 联
不连续性,并列	连续性,句法统一
感性反应,想象力	理性反应,理解力
陈述语气	其他语气
绝对的时空	相对的时空
无人称	诗人充当主语

（二）连续性和句法统一

"自古存老马，不必取长途"是一个流水对，也是一种特殊的兼语结构，其中第一句包含了第二句的主语。下面两个例子也是主、谓语分在两句的情况："凄凉蜀故妓，来舞魏宫前"（504）；"野鸦无意绪，鸣噪自纷纷"（489）。

兼语式中也常使用系词"是"，如"我是玉皇香案吏，谪居尚得住蓬莱"（615）；"可怜无定河边骨，犹是春闺梦里人"（838）。

作为流水对的构成手段，有几个词在尾联中经常出现，以至于可以视之为一种定式：

（1）"可怜"、"可爱"："可怜夜半虚前席，不问苍生问鬼神"（836）；"可怜缑岭登仙子，犹自吹笙醉碧桃"（620）；"可怜九月初三夜，露似真珠月似弓"（824）；"回首可怜歌舞地，秦中自古帝王州"（587）；"最爱湖东行不足，绿杨荫里白沙堤"（613）。

（2）"请看"："请看石上藤萝月/已映洲前芦荻花"（582）；"到岸请君回首看，蓬莱宫在海中央"（613）；"君去试看汾水上，白云犹似汉时秋"（807）。

（3）"闻道"："闻道欲来相问讯，西楼望月几回圆"（601）；"闻道风光满扬子，天晴共上望乡楼"（814）；"闻道长安似弈棋，百年世事不胜悲"（584）。

这些兼语句或流水对都是统一性句法的范例，通过内在的冲力和动势，它们把别的句式所缺乏的连续意义带入诗中。我们还注意到，在上面几乎所有的例句中，诗人自己的语气都是清晰可辨的。在"回首可怜歌舞地"这样的诗句中，诗人表示了明确的评价；

当使用"请看"时,读者就从一个旁观者变为诗人直接谈话的对象;而"闻道"则暗示诗人自己是一名听众。其他一些方法,如用"我"指诗人自己,用"你"或"君"指读者,也有同样的效果,它们在诗尾注入了一种个人的、主观语气。

(三)非陈述句式

所谓非陈述句式就是带有虚拟、疑问或祈使语气的句子。这种句子中的描写部分,即与相应的陈述句相同的那部分,可以带有意象性,但它们所特有的语气则只能由思维去理解。当一个非陈述句出现在诗尾时,它会产生一种言尽而意不尽的效果。前面我们已引过的"请看……"就是一种祈使句。下面我们再看非陈述句的其他形式:

(1)问答式:"何因不归去,淮上有秋山"(497);"戎马相逢更何日,春风回首仲宣楼"(570)。

(2)假设式:"地下若逢陈后主,岂宜重问后庭花"(622)。

(3)与事实相反的条件式:"东风不与周郎便,铜雀春深锁二乔"(829);"但使龙城飞将在,不教胡马度阴山"(793)。

(4)前提—结果式:"古往今来只如此,牛山何必独沾衣"(618);"洛阳亲友如相问,一片冰心在玉壶"(795)。

（四）相对时间

尾联常常把相对时间引入诗中，"自古"的使用，就在《江汉》中实现了这个目的；同样的情况也出现在杜甫的另一首诗中——"回首可怜歌舞地，秦中自古帝王州"（587）。然而，大多数连续句法的诗句都用不同的方式表现了相对时间。在"可怜无定河边骨，犹是春闺梦中人"中，士兵的死是一件过去的事，尽管他们的爱人还生活在幻境中；"凄凉蜀故妓，来舞魏宫前"表现的是较远的过去（蜀）和晚近的过去（魏）之间的对比；还有一种尾联是从现在展望未来："洛阳亲友如相问……"或"闻道欲来相问讯，西楼望月几回圆"。这些例子都是以较早时间与较晚时间的对比，表现了相对时间的概念。

过去和现在的对比常常集中在历尽沧桑而不改旧颜的人或自然对象上。刘禹锡的三首七绝都是以这种方式结尾的："淮水东边旧时月，夜深还过女墙来"（818）；"旧时王谢堂前燕，飞入寻常百姓家"（819）；"旧人唯有何戡在，更与殷勤唱渭城"（818）。韦庄的《台城》稍加改变地运用了同样的技巧：

<blockquote>
江雨霏霏江草齐，
天朝如梦鸟空啼。
无情最是台城柳，
依旧烟笼十里堤。
（840）
</blockquote>

所谓与事实相反的条件句也可称之为修正的历史,它是诗人对历史事件的另外一种设想,因此,这种诗句也就蕴含了与过去的对比:

> 秦时明月汉时关,
> 万里长征人未还。
> 但使龙城飞将在,
> 不教胡马度阴山。
> 　　　　(793)

第一句中并列的"明月"和"关"彼此相对,同时又与诗中所写的时代背景相对,这种技巧使人想起"白云犹似汉时秋"。这个尾联就是一个与事实相反的条件句:"飞将"是指抗击匈奴的著名汉将李广,诗人回想起这位将军,让他起死回生,于是对现实的希望便注入了这被想象所改变的历史之中。

杜牧的《赤壁》一诗,尽管手法更为精巧,但其尾联和上面的形式相去无几:

> 折戟沉沙铁未消,
> 自将磨洗认前朝。
> 东风不与周郎便,
> 铜雀深宫锁二乔。
> 　　　　(829)

最后两句浓缩了相当复杂的历史推理:如果东风没有适时刮起,周瑜和诸葛亮就会败于赤壁,随之而来的结果就是二乔——周瑜的妻子和孙权的妻子——就会被曹操掳到他的铜雀台去。但这种修改的历史仅仅是一种幻想,过去的一切都已过去。而且即使历史可以改变,按照作者的意思,这种改变仅仅是二乔的易手,不论是征服者还是被征服者都已烟消云散,唯一的遗物只是一支不知主人的折戟。通过这种轻易的改动,诗人把历史变成一种可笑的事情,变成诗歌的材料。

> 青海长云暗雪山,
> 孤城遥望玉门关。
> 黄沙百战穿金甲,
> 不破楼兰终不还。
> （792）

前面讨论的几种特点在这首诗中都有表现:头两句包括三个地名,每个地名都通过自己的颜色传达了不同的性质;在第一句中,"青海"与"长云"是并列的,虽然英文把它译作"above the Blue Sea, the long clouds……"(在青海上,长云……);独立句法在第三句采用了另一种形式,"百战"打断了前趋的运动,从而使"黄沙"从句法束缚中解放出来,成为这个简单意象的主角;头两句处于永恒的现在,或绝对时间中;相反,"百战"把第三句引回到过去,而第四句中,一个以假设语气立下的誓言则又在展望未来。

> 暮云收尽溢清寒,
> 银汉无声转玉盘。
> 此生此夜不长好,

明月明年何处看。

(845)

这首诗虽为宋朝苏轼所作,但仍用的是唐体。头两句构成意象部分:"玉盘"和"清寒"分别是表现月亮和月光的套语;"暮云"、"清寒"、"银汉"、"玉盘"四个简单意象都倾向于冷和白的性质;两个动词"溢"、"转"传达了一种不太强烈的动作意义;时间框架是绝对时间。相反,最后两句几乎不包括任何意象,它是诉诸于我们的理解力而不是想象力的。其中"此夜"和"明年"的对比,引入了相对时间;"此生"、"此夜"和"明年"的出现,也把诗人引到台前,这些词就是伯特兰·罗素(Bertrand Russell)所说的"以我为中心的词",它们的意义取决于说话者(我)所处的此时此地。第四句中的"明月"是头两句的再现,当尾联的连续节奏掠过它时,就把月亮与诗人那变化无常的境遇联系起来了,同时,全诗结尾所提的问题,给读者留下了意趣深长的回味。

五、唐诗的语言

至此,我们已从各个方面逐一比较意象语言和推论语言:不连续和连续,客观的和以我为中心的,感官意识和理性理解,绝对时空和相对时空。然而,是否存在一种贯穿上述区别的中心线索呢?对这两种代表不同经验方式的语言作如此描述是否合理?在此节,我们将根据卡西尔的理论对此作出回答。

意象语言是不可分割的,而推论语言则恰恰相反,这是二者的根本区别,所有其他差异都是由此而来的。

"愿意中止怀疑"是对诗的意象部分应该具有的态度。根据这种态度,意象是真实的,而且根本不存在真伪的区别;诗的意象部分只能间接欣赏而无法直接观照,因为它是诗人观察世界的结果。虽然儿童已不得不步入物我对立的关系之中,而这时诗人的自我与其所面对的世界仍停留在原始的同一状态。对于神秘主义者、精神病患者、原始人、儿童及怀有童心的诗人来说,当下此时就是一切时间,它是能被赋予愉快、至福和意象的唯一时刻,而这被赋予的一切则以尽可能浓缩和纯粹的形式表现出来。对世界的客观认识需要经验、长期观察以及放弃对当下此时的执着,即使月亮消逝在地平线上,它也仍在那里;不论以新月或满月的面目出现,它仍是同样的月亮。对幼儿来说,月亮只不过是一个触手可及的东西;而对于诗人,月亮那玲珑剔透、玉洁冰清而又微寒袭人的特征更为重要,这种全神贯注、心醉意迷的态度,使物体溶化于它的各种特征之中,正是在这种态度中,每一个事物或每一种感觉都能吸引每一分钟的注意,或者像克尔凯郭尔(Kierkegaards)所说的,"心的纯净在于渴求某一事物"。在诗中,这种态度是以不连续的节奏、并列的意象和独立句法表现出来的。意象语言包含了一种纯真无瑕的声音,曾经发出这种声音的孩子就在我们每一个人身上,可是我们却怯于认出他来。

但是,万物同一的观念对童真世界的统治并不能持久,世界从自身分离出来,自我从本我分离出来,但诗人那永存的童心却顽强地坚持着这种不断损毁的同一。正如诺曼·雅各布森(Roman Jakobson)所说的那样:诗中充满了对等原则,"诗的作用是把对等原则从选择带入组合之中"。[10]使一切事物对等化,正是企图重建已经倾覆的原始同一的一种努力。对于传达信息的普通语言来说,充分的区别与对立是必不可少的,而在诗中,单个的语言特征则被暂时用来构成支配性的对等原则,于是,节奏与韵律成为音和重音的对等;对称成为语法结构的对等;中国传统诗歌中的词类则是一种意义的对等;隐喻也是一种意义的对等(例如,把船比作犁,海比作田,所以可以说"船在海上耕耘")。在下一篇文章中,对等将作为一个关键性的概念而被详细阐述。

但是,对等只是诗歌所遵循的原则之一,如果就此止步,诗将只能被视为儿童时代的复归而不配称为生活的镜子——一种被看作是真实、稳定的生活。差异是不可避免的,重新统一那些差异是句法的作用之一。尤其是那种以推论语言为特征的句法,而且在实现这种作用的过程中,句法成为推演衔接(discursive articulation)的工具。所谓推演意味着为了扩展而放弃集中,作品的字面内容仅仅被当作起点,而不是注意的焦点;所谓衔接,就是详细说明每一部分,并明确指出它们之间的关系。如果说愉悦原则支配了意象语言,那么,现实原则就支配了推论语言——一种以饱经沧桑的声音说出的语言,这声音则出自一个历尽忧患的成人。

推演衔接作为一种语言方式决不可能达到浓缩和强烈的效果。对于像埃兹拉·庞德和赫伯特·里德这样的批评家来说(后者曾用德文词"Dichtung"来指"凝练"和"浓缩"),推论语言属于散

---

[10] 诺曼·雅各布森,《语言学与诗学》("Linguistics and Poetics"),见托马斯·西贝克(Thomas Sebeok)所编的《语言的风格》(*Style in Language*,剑桥,1960),358 页。

文而不属于诗歌。这个观点也许不无可取之处,它对于现代诗歌也必定产生了一些影响,但事实却是:推论语言在英语诗中一直扮演着重要的角色;而在近体诗中,几乎所有的尾联都是用推论语言写的。

由于以推演衔接为潜在原则,推论语言在近体诗的尾联出现时,总是伴随着感觉意义的淡化,它所获得的是认识与理解。我们再看看前面所引的苏轼那首诗:被那种玉洁冰清的特征所吸引就意味着被意象语言的魅力所征服;了解了月亮依然如故,我却四处漂泊的事实,也就理解了月亮对于我的意义和关系。指出时间、地点、人称——正像近体诗的尾联所表现的那样——就是推演衔接的一种方式,因而也就是相对的连续时间的引入方式。

详细说明每一部分并使之相互联系,这需要足够的媒介,正因如此,推论语言常以流水对的特殊形式出现,从而获得十个或十四个音节的表现空间。连续的节奏部分属于推论语言的副产品,部分算是统一化的手段。自我和世界的分裂是一种需要抚慰的创伤,尾联以推论语言促成了统一(如苏轼的那首咏月诗)。结果,诗人不仅看到了这个世界,也自觉地看到了处于这世界中的自己;与意象部分那种纯粹客观的模式相比,这种以我为转心的转变,赋予尾联以一种强烈的个人基调。

意象语言以其同一性和强烈性,表现出片断的和不连续的倾向;推论语言则恰好相反,它是以统一性和整体性为目标的。然而,在两者之间,还有一个中间地段,这就是及物动词句。按照费诺罗萨的观点,及物动词句是自然中力的转移的反映,同时又是使两个彼此脱节的名词相互连接的一种方式。动词"to be"(是)、"to be like"(像)、"to appear"(出现)、"to connect"(连接)、"to break"

(破裂)则是另外一些连接名词的方式。由于差异的(differentiated)和无差异的(undifferentiated)两种经验方式的根本对立,也由于以名词形式出现的名词蕴含着向心趋力,两个名词间的任何静态关系都处于一种微妙的平衡状态,而上述那些动词所具有的向自己对立面意义转化的倾向正是这种张力性统一的征兆。

意象语言的原始同一性应与推论语言所实现的重新统一区别开来。"浮云游子意"是一种对等形式,它的对等是由肌质关系实现的。在这种肌质关系中,意象保持了它的强度和独立;但是,"浮云游子意"又是一种推演衔接,它详细说明了每个部分并指出了它们的相似关系。系词和"像"、"似"之类的动词是概念性最强的动词,它们仅仅在尾联出现,使之成为近体诗中意象语言和推论语言分工的标志。

我们前面所谈的大部分内容,卡西尔在他的《语言与神话》中至少已做了原则性的预言。所不同的是,卡西尔主要关心的是与语言、艺术一起构成基本象征形式的神话。诚然,它们是殊流同源的。从柏拉图开始,认为神话产生与诗歌创造有密切联系的观点已经为人们普遍接受。因此,在下面这段引文中,只要用"推论语言"和"意象语言"分别代替"理性思维"和"神话思维",就可以明白它的意义及其与本文的关系。

> 正如我们所见的那样,理性思维的目标主要是传达那种产生于孤独之中的感觉经验或直觉经验的内容,它使这些内容超出自身的狭隘局限,在一个无所不包的范围内,按照确定的顺序,与其他事物组合、比较、连接。它的行进方式是"推演式",在这种行进中,它把直接内容仅仅看作一个起点,由此出

发,它可以从各个方向遍历整个印象领域,直到这些印象都被纳入一个统一的概念、一个封闭的体系时为止。在这个体系中,不再有任何独立的观点,所有的观点都互相联系,彼此牵涉,而且相互启发,互为解释,因此,每一个分离的事件都被一条无形的思想之线束缚在整体之中。这种思维方式的理论意义在于它所具备的整体性(totality)特征。

从最基本的形式着眼,神话思维不具备这种特征。事实上,理性统一的特征是与神话思维的精神背道而驰的。因为在神话思维中,思维不能自由地处理直觉内容,以使它们互相联系、对比,它反而是被那些突如其来的直觉所吸引、所迷惑;它满足于直接经验、可感的现在,并以之为最重要的,其他一切在此面前都变得不值一提。对一个理解力完全服从于这种神话——宗教态度的人来说,整个世界似乎湮灭了,那些控制了他宗教情绪的直接内容,无论它们是什么,都能充斥于他的意识,以至于除此之外,再无其他事物存在。"自我"把一切精力都倾注于这唯一的对象,忘我地生活在其中。在这里,我们看到的是直觉经验的极限,而不是它的扩大,是趋于集中的冲动而不是向越来越大的范围拓展;是密集的凝缩而不是广泛的分散。这种把所有力量都指向一点的集中,正是神话思维和神话产生的先决条件。(《语言与神话》,32—33页)

现在,我们回到本文开始时所提的问题:诗中的句法作用是什么?唐纳德·戴维曾对此提出三种回答:T. E. 休姆的非诗性句法、E. 费诺罗萨的动作性句法,苏珊·朗格的音乐性句法。戴维自己的观点是:诗中的句法是推演衔接的工具,它与散文中的句法并无太大的区别(见《衔接之能》第十三、十四章)。

当我们从目前所处的地位看这些论争时,不禁想起盲人摸象的故事。当然,这样评价是不公正的。首先,除了朗格,这些人对象征派诗或后象征派诗的态度是截然相反的,而且,他们的宣言只是纲领性的;但他们所关心的问题是现实的:"句法应在诗中发挥怎样的作用?"或者"现代诗应是怎样的面貌?""它应有怎样的句法形式?"第二,他们的争论主要集中于英语诗,而英语较之汉语显得更加繁冗、松散,至少在诗性语言中是这样。随之而来的结果就是:能够用汉语相当自然地表现的事物(如通过句法实现的名词意象的独立),用英语表达就显得不自然或不可能;反之亦然。

在做了这些解释之后,剩下的问题就是:近体诗中的句法作用究竟如何?我们从两个角度来讨论了这个问题:一方面,我们是从名词、动词和句子的角度提出这个问题的,即把句法分解成一个个构成因素。当然,即使把这个问题分开讨论,答案也不是简单的。因此,在讨论名词意象时,我们不得不考虑独立句法;在研究动词时,又要牵涉到个别动词的语义,如此等等。另一方面,上述三位理论家对句法作用提出了三种不同的观点:构成意象,模拟动作,推演衔接。我们真诚地接受这些观点,并且在近体诗中分别找到相应的例证。无论如何,多元论的观点应是最合理的,在一首近体诗中,不同的部分应有不同的句法,这些句法也就起着不同的作用。尤其需要指出的是:意象语言与推论语言的对立是基本的,我们试图描绘出它们各自的特征,并以两种不同的思维模式使之联系起来。正因为如此,这篇文章的题目应该是——"唐诗的语言"。

唐诗的语义、隐喻和典故

在上一篇文章里,我们曾论述了唐诗中主要意象形态的特征以及意象构成中句法和词法的影响。在这篇文章里,我们将对唐诗中的意义,特别是多重意义的作用进行讨论。

一、意义和对等原则

(一)对等的定义

在上文中,我们曾简要地涉及了意义问题,例如:在把近体诗语言区分为意象语言与推论语言时,我们把指称意义作为一种区分标准,也就是说,使感觉意义与概念意义相对;我们根据静态性质分析名词、形容词,根据动态特征分析动词和动词性谓语,根据句子所表达的推论分析句子本身。简言之,我们先前的讨论大部分局限在各种语言要素简单的字面意义上,因此可能会给读者留下这样一个印象:近体诗支离破碎、松散零乱而且单调肤浅。前者是因为在简单意象中,相邻的词语构成一种并列而且互不影响的关系;后者则由于缺少这种产生新颖效果的互相影响,那些反复使用的词(如绿水、明月、高山)受到了过分的强调。这种印象的产生应当归咎于我们分析角度的局限而不能看作近体诗本身固有的缺陷。

另一方面,多义性原则在相当长的时间内一直是占主导地位的学说。奥格登(Ogden)和瑞恰兹的《意义的意义》(*Meaning of Meaning*,1923),燕卜荪的《朦胧的七种类型》,通过不同的途径使批评的方向转到多义性原则上。诺思罗普·弗莱在他的《批评的解剖》(*Anatomy of Criticism*,1957)中,用一整章的篇幅(《符号论》)来研究文学中意义层次的问题。和其他诗歌一样,近体诗也能产生多层意义,由于本文旨在描述近体诗的语言特征,一词多义的现象自然也在讨论之列。

许多研究者的兴趣在于论证诗歌的内在歧义或把意义划分成不同的层次和类型,而我们将把重点放在由基本词义向引申意义演变的过程上。这样做的原因在我们的论述过程中将会逐渐明确。简单地说,这种做法可以使我们以一个统一的观点去研究那些相关的问题,其中包括隐喻和典故。

下面,我们将解释一下什么是语义的对等原则以及它在诗中如何产生新的意义。由于这个问题是诺曼·雅各布森首先概括提出的,所以,我们以他的一段论述作为开始:

特别值得一提的是,任何一首诗不可缺少的内在特征是什么呢?要回答这个问题,我们必须回忆一下用于语言行为的两种排列模式:选择和组合。如果一段话的主语是"孩子",说话者会在现有的词汇中选择一个多少类似的名词,如 child

(孩子)、kid(儿童)、youngster(小伙子)、tot(小孩),所有这些词都在某个特定方面相对等;接着,在叙述这个主语时,他可以选择一个同类谓语——如 sleeps(睡觉)、dozes(打瞌睡)、nods(打盹儿)、naps(小睡)。最后,把所选择的词用一个语链组合起来。选择是在对等的基础上,在相似与相异、同义与反义的基础上产生的;而在组合过程中,语序的建立是以相邻为基础的。诗的作用是把对等原则从选择过程带入组合过程。对等则成为语序的构成手段。在诗中,一个音节可以和同一语序中任何一个其他音节相对等,重音和重音、非重音和非重音、长音和长音、短音和短音、词界和词界、无词界和无词界、句法停顿和句法停顿、无停顿和无停顿都应对等。音节变成了衡量单位,短音与重音也是如此。

选择和组合构成语言符号排列的两种基本方式,这一理论可以上溯到现代语言学的创始人费尔迪南·德·索绪尔(Ferdinand de Saussure)。符号结构的同一性是由它与别的符号系统性相对,即与其他符号部分地相似或相异所确定的。最简单的例子是在音韵学中,英语的 m - 和 n - 是相似的,因为它们都是鼻音;但不同的是,前者为双唇音,后者为舌尖音。鼻音可以进一步和塞音、擦音相对。索绪尔理论的基本点是把"言语"(parole)和"语言"(langue)区分开来,言语是实际的活动,是在一定的时间与空间中所说或所写的内容;语言是总体结构,是各种语言活动从中汲取材料的仓库。在言语活动中,个别的符号(语言成分)之所以表现出信息传递的功能,部分是由于它们同语言中其他符号的对立,部分是由于它们与同一语段中其他符号的相互联系:说了 m - 就等于不说

n-，选择了 child（孩子）和 sleep（睡觉）就等于舍弃了 old man（老人）和 walk（走），这就是选择。在这个语链中，个别的符号在相邻基础上连接起来，以构成越来越大的单位，也就是说，那些直接相连的符号首先被语法结构组合起来，而相隔较远的符号则被纳入一个不断扩大的范围。

雅各布森特别指出了诗性语言与普通语言的两点区别：(1)对等原则在普通语言中是作用于语链之外的（即是在"语言"而非"言语"的层次上发挥作用）；而在诗性语言中，则作用于语链之内。(2)在普通语言中，相邻的语言成分是由语法结构连接的；而在诗性语言中，语法限制就不再适用了，不相邻的语言成分可以通过对等原则结合起来。

虽然雅各布森只是从韵律角度来说明他的理论，但对等原则同样也表现在其他许多方面：声母和韵母的相同是语音对等，对句及对偶部分地属于语法对等。因此，按照对等原则考虑诗中的语音特征和语法特征是一种自然而简单的方法。如果这种方法也能应用于意义研究，我们就会建立一种统一的理论。但对于对等原则的意义还必须做进一步澄清。

"对等"一般含有"相等"和"相似"的意义，读者也许从雅各布森关于"孩子"、"儿童"、"小伙子"的例子中已得出这个印象：对等与相似是同样的；但是，从严格意义上说，相反也是意义对等的一个必不可少的部分。雅各布森继续写道："选择是在对等的基础上，在相似与相异、同义与反义的基础上产生的。"迈克尔·理法特（Michael Riffaterre）把这个问题说得更清楚："比如几个词由于发音方面的对等而结合成同声母、同韵母和节奏的序列，这样就不可避免地在这些词之间建立起语义的对等关系，因而它们各自的意义被认为是相似(由此构成隐喻或明喻)或相反(由此形成对比)地联系着的。"[1]对等包含了相似和相反两个方面,它是维系同类中两个词的一种强力。

这种观点还可以用字母来表述:我们把 A、B 两个成分放在一起,并用等号连接,写成 A = B。这里的等号代表对等关系,A 和 B 一定是部分相似、部分相异。庄子早就说过:"万物毕同毕异。" m - 和 n - 同属于辅音,就其相似性而言,它们都是鼻音;就其相异而言,一是双唇鼻音,一是舌尖鼻音。

在我们考虑意义问题时,首先应注意下列这些对等原则的应用。

1. 当两个词构成对等关系时,会产生新的意义或引申意义。这里有两种主要形式:如果两个词都是名词,那么,它们就相互作用以突出其特征的相同或相异;如果一个是名词一个是动词,由于动词的意义较为稳定,名词则会有所改变以适应动词,例如,"the ship ploughs the sea"(船耕耘大海),名词"船"所获得的意义是与动词"耕耘"相联系的。

2. 在上文中,我们曾对"构架"和"肌质"这两个概念做过区别:前者指作品中主要部分间较大规模的联系,后者则指次要部分间较小规模的联系。在"肌质"中,即在词和句子的局部安排上,有必要做进一步的区别:如果词与词之间的关系得到充分的表现并以语法形式组织起来,这就被称作"分析的关系";如果词与词是通过

---

[1] M. 理法特(Michael Riffaterre),《描述的诗性结构》"Descripring Poetic structures",选自雅克·埃尔曼(Jacques Ehrmann)编《结构主义》(*Structuralism*,纽约,1970),189 页。

对等原则而隐含地联系起来,这就是"隐喻的关系"。按照这两种关系构成的语言,我们分别称之为"分析的语言"和"隐喻的语言"。

我们还指出,近体诗中充满了简单的名词意象,而且它们在近体诗中起着比在英语诗中远为重要的作用,我们曾用"意象语言"这个新造的术语,作为这种语言形式及其相关特征的简要概括,这些特点包括:意象语言是不连续的、客观的,它是直接诉诸于感觉而且包含了绝对的时空等等。事实上,意象语言和隐喻语言是观察角度有别的同一现象。说某种语言是意象的,就是指其中词与词之间缺少句法联系或仅有松散的联系。因此,近体诗给人的印象是散漫的、片断的;称同一语言为隐喻语言(在严格意义上),则是说其中词与词的关系不受句法的妨碍,而是按对等原则结合的。前者,我们强调的是构成的部分,即组成近体诗的材料;后者,我们所注重的是各部分结合的方式。

对等原则是诗中局部组织的基础,它把词与词连接起来,并使之转变为肌质。汉语的句法联系本来就不强,到了近体诗中,由于体裁的各种限制,句法联系就更加薄弱了,结果使隐喻关系远胜于分析关系。因此,雅各布森的理论更容易说明近体诗的现象——尽管这理论最初是为西方诗歌提出的。在下面的章节中,我们将举例说明,对等原则不仅能使各处局部的词成为一体,而且能作为结构组织的普遍法则贯穿整首诗。

3. 当两个语言单位并列时,其相似性与相异性几乎总是并存的,词与词之间的张力与对等关系是密不可分的,可以说,两个语言单位因其相似性而互相吸引,同时又因其相异性而互相排斥。以此为基础,似乎可以对整个诗歌做一个系谱安排,在系谱的一端,是那些对立性至关重要的诗体和风格,其特征是按照两条或更多的对立线索进行组织,例如,戏剧诗如果没有矛盾的冲突与解决是不可想象的。唐诗中那些常见的题材,如送别、远望、怀旧等,也需要利用这种对立原则,这些题材的性质使得诗人在过去与现在之间、遥远与切近之间、幻想与现实之间形成对比。这一系谱的另一端则是那种被统一的基调所贯穿的诗体。这种诗即使包含对立,也只是从某种单一的思想或情感中产生的对立;纯真是这种诗的理想原则。抒情诗,特别是简短的抒情诗是最好的例证。

  细致的分类还得考虑到其他因素:特定文学手法的存在与否是一个因素,表现于诗中的多重意义层次也是一个因素。例如,典故的运用往往引入不和谐音调,暗示了古今分离的意义;它还能为诗增加更深层次的意义。同样,隐喻也使诗的内涵超出字面意义并复杂化。只有隐喻和典故不存在时,诗才能把重点移到"此时"和"此地",即那种充满新鲜感的瞬间。这就是禅宗所谓的"本色"和一些批评家所说的"自然",王维的五绝就是最好的范例。

  如果我们沿着上述的线索追寻下去,则可能从对等原则中发展出唐诗的分类学——这正是钟嵘、司空图等人传统分类方法的现代表现。这个庞大的计划不属于本文的范围,我们只是对这个问题稍加涉猎,在下一章,我们试图根据对等原则描述出抒情诗的基本特征。

  上面提到的三点为我们运用对等原则提供了一定的指向,在后面的论述中,我们将提供一些具体例证来说明上面的观点并检验和修正雅各布森的理论。这里需要指出的是,我们选择"语义、隐喻和典故"作为本文的题目,是想说明:隐喻和典故是从属于那种产生新意的总体过程的,而且我们将以对等原则做为参照点,从一个共同的角度来讨论这三个问题。以上,我们已给对等原则做了定义,并指出了它与新意产生的一般关系。下面,我们将转向对隐喻和典故的讨论。

(二)作为对等关系的隐喻和典故

大多数隐喻是由两个成分构成,典故也是这样,其中一个成分指现实情况,另一成分指过去的事件。这两个成分的并列使它们的相似之处和相异之处更加突出,这使隐喻和典故可以作为对等原则的特殊情况加以分析,这种分析正是本节的目的,下面我们分别列举一些强调相似性和强调相反性的诗例。在分析过程中必须记住:相似总是与相异同在,反之亦然,而且在区别两种类型的诗例时,我们实际是把等级差异变成了类别差异。

李白的《送友人》中有这样两句:"浮云游子意,落日故人情"(457),显然,"浮云"和"落日"有两层意义——字面意义和隐喻意义。它们表面上是属于自然界的景物,但作为隐喻,它们则描述了一种复杂的感情。每句中的两个并列名词由于语义相似而互相作用:浮云无忧无虑、来去不定,用以比喻游子的旅途;朋友的远别和落日可以同样引起若有所失的怅然之感。这就是利用语义的相似构成的隐喻。换句话说,对等原则通过隐喻产生了新意。

再看看杜甫《江汉》中的一联:"江汉思归客,乾坤一腐儒"(491),和前例一样,该联也是仅由并列名词构成的,但它所遵循的基本原则是相反而不是相似,人的渺小和宇宙的广阔形成了强烈的对比。对比也有产生新意的效果,虽然"渺小"不是"思乡客"或

"腐儒"本身固有的含义,但当它们出现在长江和汉水以及整个天地构成的广阔背景上时,这种语义特征也就自然地表现出来了。

这两个例子都有相同的语言形式,通过相邻名词的并列所产生的效果也是一样的。无论相似或相反,它们都能产生新的意义。为了方便起见,我们将用一个术语来概括这两个例子所表现出的特征:当两个词或短语由于意义上的相似或相反而相互作用时,我们就用"隐喻关系"来说明它们的关系。因此,隐喻关系是对等原则的一种特殊情况,即当对等原则被局限于语义范围时的特殊表现。通常意义上的隐喻是一个词与其他词在相似方面的比较,它只是隐喻关系的一部分。我们在下面的讨论中,将对"隐喻关系"这个术语给予精确的解释。

在讨论"浮云游子意,落日故人情"时,我们可能造成了这样一种印象:相似是其中唯一的潜在关系。然而,如前所述,相似总有相反伴随,所以,仅仅指出相似是不够的。"落日"是指将要消失在地平线上的太阳;"故人情"中的"故"则至少有两层意思:在表示年龄时,它意味着"老",其中包含了"消失"、"死去"的意义,但在"故交"之类的场合,"故"还有"久经"、"持久"的意思。在"故"这个词自身,在"消失"与"持久"之间形成了一股张力,当"落日"和"故人情"并列时,这股力量就得到加强。

隐喻关系不仅表现在互无联系的并列名词之间,如前例所示,而且也表现在那些处于较大语法结构中的成分之间。例如,杜甫的《江汉》中有这样一联:"落日心犹壮,秋风病欲苏"(491),在上文,我们曾对此作过阐述:

> 前一句包含了相似与相反两种情况:"虽然我的心已如落

日,但它仍然强壮";"我的心不像落日,它仍然强壮"。第二句也可以做同样的解释:"虽然我的病已如秋风,但它会很快痊愈的";"我的病不像秋风,它会很快痊愈的"。

用我们的术语说,"落日"和"心"之间、"秋风"和"病"之间存在着隐喻关系——相似和相反的关系。然而,这两句诗还可以有其他读法:"在落日中,心仍然强壮;在秋风中,病将要痊愈。"如果选择了这种读法,"落日"就成为"心犹壮"的时空条件,而这种关系则是由介词"在"点明的。我们将用"分析关系"来标志这些附属于时间、空间、因果的关系。很明显,这两种读法都是可行的,因而无须做出选择,而隐喻关系和分析关系也是并存的:前者根据语义的相似或相异把词组织成肌质构型,后者则以分类为基础,把词纳入语法单位之中。

这里,还应解释一下副词"犹"和"欲","犹"是一个表示持续意义的副词,而"欲"则表示变化;持续是指事物在时间上保持相似或相同,变化则意味着随之而来的事物将有所不同。因此,这些副词都是沿时间坐标显示对等关系的,而且,两者都具有双重性,并因此包含了张力。说"心犹壮"意味着一种与一般预料相反的情况;说"病欲苏"则表明病人虽未痊愈但会很快康复。在这种语境中,副词强化了并列名词之间已有的张力,而且增加了新的内容。在"秋风心犹壮"中,"秋风"已经表明了衰败的趋势,但"犹"仍以持续的意义抗拒着这种趋势;"落日"暗示了结束,但"欲"却表现了新的开端。一般说来,分析中国诗中常用题材的基本特点,并把这些特点分为相互联系的三类——相似或相反的逻辑关系、时空关系和情感态度——是完全可能的:怀旧是希望现实能一如既往,遗憾则暗示了过去不应如此的心愿,伤逝是对事物急剧变化的感慨,怀乡则表现了"此处就是故乡"或现实条件有所改变的欲望,而送别所表达的就是希望与朋友形影不离的意念,在这些题材中,对等原则总是时空关系与情感态度的基础。

典故也是通过对等原则构成的。但首先必须说明,本文所指的典故是历史的典故,所以它要求一种现实问题与历史事件的对比。和隐喻一样,典故也包含了两个成分,它们是由相似或相反的关系连接的。

息夫人
王维

莫以今时宠,
能忘旧日恩。
看花满眼泪,
不共楚王言。
(756)

这首诗的创作动机据说是这样的:"宁王宪贵盛,宠妓数十人。有卖饼之妻,纤白明媚,王一见属意,因厚遗其夫取之,宠爱逾等。岁余因问曰:汝能忆饼师否?使见之,其妻注视,双泪垂颊,若不胜情"(《唐诗纪事》卷十六)。王维通过《左传》中关于息夫人的故事,描绘了这一令人心碎的场景。据《左传》记载:楚灭息后,楚王强占了息夫人,生下两个儿子,但她总是不肯说话。当楚王问及原因时,息夫人说,像我这样一身侍奉二夫的女子,虽幸而不死,又有何颜面说话？这个典故以两个妇人相似的命运为中心,说明了这样一个事实:有权势的王公可以强占一个女人,但他既不能使之忘却旧日的夫妻恩爱,也无法强迫她欢乐;即使是孤立无援,她仍然可以以沉默表示抗议。

相反也能取得与相似同样的效果,请看杜甫《秋兴》中的一联:

匡衡抗疏功名薄,刘向传经心事违。(583)

这里,杜甫所表现的是他希望仿效汉朝匡衡、刘向的心愿。和他们不同,杜甫在追求功名、发扬儒学传统两方面都无可建树,引用这些成功者的典故,意在强调杜甫自己的穷困。再举王昌龄的两句名诗,这是写于唐王朝屡受北方游牧民族袭扰的时候。

但使龙城飞将在,不教胡马度阴山。(793)

这里运用了汉将李广的典故,他曾在龙城赢得了一次对匈奴决定性的胜利,此后匈奴对中国北部周期性的入侵便停止了,汉人称李广为"飞将军"。这联诗的言外之意是,当今朝廷,因缺少李广那样的将帅,致使边防百孔千疮;更进一层的含义则是,纵使国家的军力不像汉朝那样强盛,只要能在其他方面稍似汉风,也将令人宽慰。

综上所述,本节是一个导言性的介绍,主要是想对对等原则的意义以及我们准备如何运用它研究语义、隐喻和典故做一个解释。对等(包括相似与相反)是普通语言的两种基本组合形式之一,在诗中,它的作用更为重要,例如双声叠韵、韵律和对仗,都是利用对等原则组织的,至少部分是如此。在一般意义领域,我们提到了几种有发展前途的分析途径:当两个成分因相似或相反而联系起来时,就产生了新的意义;对等也是潜在于词的局部组织中的原则——这种局部组织是以把词转变成肌质构型的隐喻关系为基础的;只要对等能产生张力,而且张力是一个承认等级差别的概念,对等就也可以成为类型理论的基础。最后,我们还指出,隐喻和典故是实际运用对等原则的突出范例。

十分明显,对等原则在我们的诗歌理论中占有重要的地位,然而,它的运用范围有何限度,这一点尚不清楚。我们需要解释并评价雅各布森那含糊的观点:"诗的作用是把对等原则从选择过程带入组合过程。对等则成为语序的构成手段。"这里,"诗的作用"、"构成手段"的提法是否合适?从一个过程进入另一个过程究竟意味着什么?更大的问题是:语法在诗中的地位以及普通语言与诗体语言的关系到底怎样?雅各布森的观念似乎有这样的含义:一旦对等原则应用于组合过程,它所连接的两个对等成分必须同时出现在一个语链中,也就是说,必须是明显出现的。那么,如果其中一个成分不明显,将会出现什么情况?这个问题将会引起我们对隐喻和典故范围的思考。对等原则也是错综复杂的,它被新批评家及结构主义语言学家如此厚爱,以至于只有文本才是合适的研究课题。这些大大小小的问题,都将在下面几章中逐一探讨。然而,我们还是先提出一词多义和新生语义的问题,看看各种语言程序对于更新诗义有什么贡献。

二、隐喻和隐喻关系

（一）类别和性质

　　一词多义的现象可以从两个角度加以研究：一是对过程的强调，一是对结果的强调。虽然过程将是我们主要的注意对象，但在本节中，我们先把关注中心放在最终结果上，这就是近体诗所表现的意义层次。我们尤其要试图揭示的是：由于近体诗中的词被习惯地划分为不同的语义类别，一个出现在诗中的名词不仅指明了它所代表的事物，而且体现了它所属的类别，所以，近体诗几乎总是表现出双重意义：特殊意义和一般意义。作为第一步，我们将首先通过对意义结构的分析，为语义类别的概念提供理论基础。

　　揭示一般意义结构的一个显而易见的方法就是，拿任何一本标准的字典，检查它的定义解释。这时，我们会发现，名词的定义有一种规范的公式，它由两部分组成，一是表明词义所属类别的部分，一是区别同类其他名词的限制性短语部分。例如《韦氏大学字典》对"church"是这样解释的："一种公共的特别是基督徒礼拜的建筑。"这里，"建筑"是类别，"公共、礼拜"是指示特征的限制性短语。对"建筑"的定义则是："通常指一种有顶、有围墙的结构……",这里,"结构"是类别,"有顶、有围墙"是区别性特征。最后,对"结构"的定义是:"某种构筑的物体。"这时,我们所得到的是一种以"某事"或"某物"为终点的分类等级。作为一个类别,"建筑"这样的名词,其特征定义应该适用于它所有的成员,诸如"教堂"、"学校"、"工厂"等等;而作为更高分类的成员,"建筑"应有区别于同类中其他名词的特征。

在一般谈话中,名词倾向于直接点明它的指称对象,也就是说,对象的所属类别和区别性特征都是暗含的。然而在诗中,特别在近体诗中,名词分化为类别意义和特征意义的倾向则十分突出。这种情况的出现部分是因为近体诗要求对仗,而对仗是由高度定型化和严格限定的语义类别范畴所支配的;此外,正如我们在上文中反复指出的那样:一个名词,无论是单独出现还是被形容词修饰,起基本作用的总是它的特征。这就是为什么近体诗中的名词至少可以表达两层意义:类别意义和特征意义。

中国的诗人和批评家很早就注意到语义分类,在《诗韵》之类书中,每个名同都被归入相应的类别,但是技巧,即如何构成对句的方法则更是一直受到重视。可不管怎样,语义类别也代表了客观世界的事物分类,而后者就是一种世界观,一种关于世界的原型的组织,中国人意识中的这种分类习惯几乎随处可见。这种分类方式表面上是对字、词进行划分,同时也间接地在对这些字、词所代表的事物进行归类。从《尔雅》到《古今图书集成》,语义分类一直是主要的组织原则。分类的思维方式在文学批评中也有十分显著的表现。刘勰的《文心雕龙》开宗明义,就以各种类别努力证明其"万物皆有文"的基本论点:天有色形、地有山川、兽有虎纹豹斑、植物有树木花草,因此作者得出结论,人类有文学是理所当然的。

下面的诗例选自王维的作品,我们从中可以看到,分类原则在唐诗中是如何具体发挥作用的:

1. 明月松间照,清泉石上流。(422)
2. 泉声咽危石,日色冷青松。(425)
3. 绽衣秋日里,沉钵古松间。(CTS1269)

这三联都是以相同的分类项组成的:

(1)天　　　明月　　阳光　　秋日
(2)植物　　松　　　青松　　古松
(3)地$_1$　　石　　　危石
　　地$_2$　　清泉　　泉声　　沉钵

虽然例3中没有明确提到"泉",但"沉钵"则已暗含了"水"的意思,可以假定为"泉"。顺便提一下,例1很容易转变成例2,从结构形式上看,例1是"月、松／泉、石",例2是"泉、石／日、松",把例1的上下联调换一下,就成为例2了。

同样的分类范畴以简略的形式也出现在王维的其他诗中。我们且从例1和例2中各取一句来与其他例句相比:

1. 明月松间照
2. 月色冷青松
3. 深林人不知,明月来相照。(754)
4. 返景入深林,复照青苔上。(754)

四个例子有着共同的基本主题:日光或月光照进森林。此外,例4中提到了"青苔",它一般是长在岩石上的,由此,我们可以回想起前面见过的组合形式:阳光、树木和岩石。

以上,我们解释了作为类别代名的单个词如何发挥作用并因此产生出新的言外之意。"明月"、"日色"、"秋日"、"返景"都有一种语义的相似,出现在同样的环境中时,都可以表示"天"的类别意义;同样,"松"、"老松"、"青松"、"深林"都是植物类的成员。当一系列的分类范畴以其各自的成员为代表出现时,如天、地、植物和人,我们所得到的就是一个从原型角度观察到的世界。我们还应补充一点,上面提到的那种现象,即同样类别组合的反复出现,应对文学理论有一定的实际意义。例如,它与中国诗中那些通过其语义类别的独特组合和类别之中的词项选择来显示特征的诗歌风格与诗歌类型十分相近,例如,岩石、泉水、光和森林的组合形式,明显是和风景诗相联系的,它也可视为王维作品的主要特征。

意义相等的成分的同时再现可能导致一个严重的问题,像"明月"这样一个套语,当它反复使用时,就会产生千篇一律的意味;而当一连串套语以几乎完全相同的形式一起出现时,读者是需要很大的忍耐力的。那么,为什么诗人能如此频繁的重复却没有引起乏味之感?借用庞德的一句话说,诗人如何使套语层出新意?下面,我们将全面地检查一下诗人创造新意的处理技巧。当然,这并不意味着要把所有的技巧分门别类加以整理,以显示它们在唐诗中的地位和重要性,只要能证明某种技巧在唐诗中使用较多或效果更大,我们也就可以了解哪些东西对唐诗是重要的了。

(二)从含义和修饰到隐喻

除了字面意义(包括本义和转义)之外,每个词还具一系列暗含意义和联想意义。有些作者坚持要对这两者做出区别:暗含意义属于词义或可能意义的一部分,而联想意义只是某种在我们的想象中与词发生联系的内容。例如,"对位"暗含了"音乐",但"餐桌"是与"吃饭"联系在一起的(见刘若愚《中国诗艺》,9页)。在我们所考察的传统诗中,这种区别虽然可能但意义不大。如果要坚持这种区别,我们就会很快发现自己必须提出这样一个问题:一个中国读者能够在秋风落叶面前不产生悲凉的情绪吗?事实是,对于一个中国读者,把秋风落叶与悲凉情绪分开只是一种逻辑的可能性,但他是不会这样做的。正由于这个原因,我们将交叉使用暗含意义和联想意义这两个词。

当一个诸如"明月"这样的名词独立出现时,它暗含了"明亮的"、"圆的"这样一系列一般特征——这都是月亮在通常环境中被赋予的特征。在唐诗中,形容词置于名词之前的表达方式是很常见的,像"明月"、"绿水"、"高山"、"黄沙"等等。在这种复合词中,形容词的作用不是限制对象(即使某种情况中的月亮同其他情况中的月亮相区别),而是强调对象所含的性质;名词与形容词的这种固定连接也加强了二者的联系,以至于即使名词单独出现,形容词所赋予的性质也会自动地被人们所想起。

进一步确定名词意义的方法是限制和修饰。欧洲语言中有许多关系从句的结构,它们在荷马史诗中被用以叙述过去的事件[2],莎士比亚的十四行诗,为典型的错综句法奠定了基础,它们在西方诗歌中的作用是不可忽视的。但在汉语中,后置的修饰语并不多见,而普遍存在的则是由一个形容词或形容词短语构成名词的前置修饰。从理论上说,一个名词前面可有无限的修饰成分,但五言诗和七言诗的简洁,严格限制了每句所能容纳的词数,而且,近体诗内在的独立性倾向也不允许任何单个名词之前有细节的罗列。所以,虽然存在着由限制性形容词充当的名词修饰语——除了"绿叶",还有"红叶"、"黄叶"和"枯叶"——但它对创造新意并无多少作用。

修饰名词主语的另一条途径是谓语。这里,我们必须再区别几种情况:如果谓语表现的动作或性质是典型的,那就没什么可增加的,例如"明月松间照"、"水是清的"、"水流";如果动作或性质仅与名词的字面意义协调一致,则可能增加一些现实的意义,但名词意义没有变化,如"水是浑的"、"水漫";然而,那种名词与动词不协调的异常情况,则成为我们所说的隐喻,例如"秋水清无力,寒山暮多思"(CTS4108),说水"清"当然很正常,这里"无力"和"秋水"的搭配,则属于异常,谓语把无生命的名词变为有生命的主体,而且整个句子是一个拟人化的范例,一种隐喻的典型。第二句可以是隐喻,也可以不是,它没有表明是寒山多思还是寒山使人多思,也许两种读法都是可以的。

异常谓语产生拟人化的例子还有:"山青花欲燃"(766),"春

---

[2] 埃里奇·奥尔巴克(Erich Auerbach),《摹仿》(*Mimesis*,威拉德·特拉斯克译,普林斯顿,1953),7页。

风知别苦,不遣柳条青"(766),"羌笛何须怨杨柳"(796)。

通过上面的简略研究,我们已对名词的意义做了一个整体的考察:由基本意义开始,逐步扩展,经含义、联想、限制最后达到隐喻。隐喻似乎是诗人把一个意义强行移植于另一意义中并因此产生出新的深层意义。当异常搭配第一次出现时,它为以其新颖而被认为是隐喻,但如果不断地重复使用,它就会成为一个套语。

(三)动词的中心性

到目前为止,我们只讨论了名词产生新意的方式,那么,动词是怎样获取新的意义的呢?这个问题可以换一种方式提出:当名词和动词不和谐地搭配在一起时,这就是语义异常的情况,我们已经谈过名词适应动词并因此获得新意,但是,为什么这种适应只是单向的而不能代之以其他方式呢?

这个问题的答案是:动词与名词之间有一种内在的不对称现象。以"椅子笑了"为例,"椅子"是无生命的名词,而动词"笑"则需要一个有生命的物体作主语,这就形成了矛盾。解决的办法是:把"椅子"看成一个受动词支配的异常生物,但是,我们却不能以异常的方式来理解"笑",认为它是由无生命对象所表现的一个异常活动。对这个显而易见而又相当重要的事实,华莱士·恰夫(Wallace Chafe)有一个最明白的表述:动词的中心性(the centrality of verb)。[3]

我们已经看到,在一个不协调的语境中,动词的意义保持不变,因此,就根本不存在所谓动词如何获得新意的问题。在汉语中,一个处于谓语位置的形容词起着与动词相同的作用,它有时被称为"状态动词"。这些状态动词具有和及物动词与不及物动词同样的词义稳定性。在"椅子笑了"和"椅子很高兴"两个例子中,都是把"椅子"从无生命变为有生命——并不考虑谓语究竟是不及物动词还是状态动词。

这个事实有着重要的意义。从亚里士多德开始,西方修辞学就有以类推或类比的方式分析动词隐喻的传统。按照他们的理论,一个隐喻肯定包括四个以特定关系相联系的事物,这种关系是:A 之于 B 等于 C 之于 D。因此说"船耕耘大海"也就是说船与海的关系等于犁与土地的关系。唐纳德·戴维认为隐喻所联系的因素不是四个而是六个,即犁、船、土地、海、犁地的动作和航行的动作。[4]尽管至今尚无人提出疑义,但是,在戴维的基础上再增加两个因素也是可能的,这就是:犁与土地及犁地动作之间的联系;船与海及航行动作之间的联系。在分析的开始,我们只是直觉地感到一个隐喻涉及两个因素——喻体(vehicle)和喻指(tenor),但经过类推理论的分析,这种因素剧增到四个、六个、八个甚至更多。

但是,如前所述在不协调的语境中,动词的意义保持不变,而是改变名词意义以适应它。如果我们把这作为一个基本的语言现

---

[3] 华莱士·恰夫,《语言的意义和结构》(Meaning and the Structure of Language,芝加哥,1970),96—99 页。

[4] 唐纳德·戴维,《衔接之力》(Articulate Energy,伦敦,1955),41 页。

象,那么就不再需要类推的理论了。"椅子笑了"是一个动词性隐喻,对于它如何进行类比的分析呢?我们可以假定有四个因素:人、笑的动作、椅子、笑的动作。于是,椅子笑就像人笑。然而,实际上的因素只有三个,这种欠缺只有通过增加一个新的动作——一个表现椅子笑的动作——才能弥补,但这反而使问题复杂化了。前面提到的"船耕耘大海"中的六个因素,其中一个是由理论家补充的,这就是"航行的动作",我们知道:船是靠机器推动的,原句中没有提到船行的动力来源,所以并不包含"航行的动作"这个因素。但是一个简单的分析就足以显示:动词"耕耘"就包含了航行的意义,而且两个名词"船"和"犁"都直接适应于动词"耕耘",没有必要增加额外的动词来做两者之间的联系媒介。

我们还可以举出理由以说明为什么反对亚里士多德式的分析。诗人都希望传达自己独特、新颖的经验,隐喻正是他可以运用的手段之一,因此,对于一个隐喻,诗人和读者最感兴趣的是性质或行动,也就是把喻体当成喻指;而一部分理论家,特别是亚里士多德式的理论家,他们所关心的则是找出某种性质或行动中隐喻的构成因素,这样做实在是徒劳无益。

动词保留原意的事实也可以用来解释动词在某些隐喻中的运用。要了解一个隐喻,关键是要根据其互相比较的两个成分去理解它们表现的性质或动作。以"浮云游子意"为例,"浮云"和"游子"都是由名词和修饰形容词组成的复合词,"游子"通常是不用分析的复合词,意为"漫游的人",但这里,在"浮云"的影响下,"游"

也独立起来。[5]我们已经指出,像"浮"这样的非限制性形容词,起着强调对象所含性质的作用,同时,它也确实有助于使"浮云"构成一个简单意象。这里,我们想提请注意的是它的另一种作用:当两个形容词同时出现时,两者的比较则成为一个尖锐的焦点。换言之,当两个无修饰的名词——像"云"和"心"——并列时,它们在哪些方面进行比较并不很清楚;修饰形容词缩小了相似的范围,使隐喻的意义变得明显起来。所以,对等原则并非构成隐喻的唯一方式,那些修饰性形容词,也能起到一定的作用。

上面关于形容词的分析同样或者更加适用于动词,因为动词的意义是固定不变的,这使它成为理想的确指词。"云笼远岫愁千片,雨打归舟泪万行"(CTS72),"笼"强调了悲愁像绕山之云一样郁结纠缠,"打"则突出了泪水如雨打归舟一样绵绵不绝。"水流心不竞,云在意俱迟"(481),"流"是水的最自然而任意的运动,因此成为自在的心绪;"在"的字面意义是"存在",这里作"停留"解释,它是一个最具静态和中性特征的词,它在诗中表现了悠闲无为。

让我们再回顾一下在隐喻构成过程中名词与动词的差异:作为一种性质集合,名词比动词有更广泛的特征范围。因此,当它和一个动词在一种不协调语境中同时出现时——如"椅子笑了"——名词具有较大的灵活性使自己适应动词,而不是以其他方式去达成协调。正如在漫画中所看到的那样,我们很容易想象一副椅子在笑的形象,同时仍保留着它的基本形状——四条腿、一个座位、一个靠背。作为专门名词,除了使无生命变为有生命之外,"椅子"

---

[5] "游子"中的"子"也可以独立,像在孟郊的名句"慈母手中线,游子身上衣"中就是如此。这对我们关于"游"可以独立的主张是一个证明。

保留了它的全部语义特征。然而,由于动词"笑"的意义受到更大的限制,所以不能像名词"椅子"那样做出调整。当一个动词出现在由名词所扩大了的隐喻中时,这个原则也同样适用,如在"云笼远岫愁千片"中,"云"和"愁"这两个名词同时出现,它们的对比方面并不确定,"笼"的出现,消除了这种不确定性,从而使隐喻更具效果。

(四)暗含的隐喻和明显的隐喻

在本节和下一节中,我们试图形成一门隐喻类型学,并且据此回答两个问题:第一,从属于各种言语成分的词语,在隐喻构成中起着怎样的作用?这个问题我们已经涉及过,例如,在区别名词与动词的不同作用时,我们实际上是把隐喻分为两类,即以动词为中心的和以名词为中心的;但是,隐喻中还包括了其他言语成分和诸如"to be"(是)、"become"(成为)这样的特殊词,我们将从隐喻构成的角度探讨它们的作用。第二个问题,也就是本节将要讨论的问题,是关系到隐喻的明确程度的问题。两个成分间的比较可以以各种方式明确表现,或明喻,或暗示,或隐喻;而在隐喻范围内,明确的程度也是有所不同的。瑞恰兹曾把隐喻分为"喻体"和"喻指"两部分,按照他的术语则存在三种可能情况:喻体和喻指共存而且其相互关系被明确表现出来;两者共存但关系近乎暗含的;在有限的情况下,喻指消失而只有喻体存在。现在的问题是,在第三种情况下,隐喻仍然能成立吗?

我们的回答是肯定的。要解释这个问题,得先看几个例子。首先是韩翃的《寒食》:

> 春城无处不飞花,
> 寒食东风御柳斜。
> 日暮汉宫传蜡烛,
> 轻烟散入五侯家。
>
> (812)

第三句暗指了一种惯例,据《西京杂记》记载:在寒食节,皇帝要把蜡烛赏给朝中的宠臣;第四句中的"五侯"是对汉朝的同日封侯的五个太监的直接指称,同时,又含蓄地影射了唐代那些恃宠擅权的宦官。然而这正是需要说明的一点,"轻烟"代表皇宠,于是"轻烟"就是喻体而"皇宠"则是隐含的喻指,两者结合起来便成为一个隐喻。这首诗是对中唐以后,皇帝过分宠信宦官的现实所做的轻微而含蓄的批评。

这种仅由一个明确成分即可构成隐喻的情况,与典故有些相似。典故要求有一种现实问题与一个历史事件,我们认为:当语境造成了一种明确的比较意味时,一个单个成分,不论是现实问题还是历史事件,都足以表达比较的意义,"轻烟散入五侯家"就是一个很好的例子。"五侯家"非常清楚地表明这是对汉朝的指称,而对于任何稍微熟悉唐朝历史的读者来说,它对唐朝现实的暗指也是不言而喻的。这是一个仅仅涉及历史事件的隐喻。下面我们再来看一个相反的例子,其中所提到的只有当时的情况,这便是卢纶《塞下曲》之一:

> 林暗草惊风，
>
> 将军夜引弓。
>
> 平明寻白羽，
>
> 没在石棱中。
>
> （771）

乍一看去，无论是标题还是诗本身都没有表现出典故的运用，然而诗的内容却清楚地暗示了一个历史人物——汉将李广。《史记》载："（李）广出猎，见草中一石，以为虎，射之，箭镞入石。"诗运用了这段中国读者十分熟悉的故事，自然会使人立刻领会它的指称意义。

究竟是什么理由使我们坚信仅靠单独的因素能够足以构成隐喻？理由很简单：中国读者——无论是诗人的同代人，还是受过教育的后代——都是以这种方式理解诗歌的，作为批评家，我们的首要任务是对这种理解方式进行再创造。这就是我们理论所依赖的基础。中国读者大概都会说诗有"言外之意"，按照我们的术语，这就意味着诗中存在着隐喻或暗指的力量。

还可以提供一些次要的和理论性的理由：一个微弱的信号就足以使它所传达的信息被充分理解，这说明有许多信息是传递者和接受者所共有的。中国诗歌是在一个具有深厚文化传统的环境中发挥作用的，一个受过教育的读者应该熟悉下列事实：李广误以石为虎，引弓射之；中唐以后，宦官的势力与影响的扩大，使他们成为时论批评的矛头所向。这些杂乱的事实可能给我们以异乎寻常的印象，但它们所包含的原理却毫无神秘性，当许多信息被共享时,少许暗示就足以传递信息。

我们认为单个因素可以构成各种不同形式的隐喻或典故,在提出这种观点时,我们当然会尽可能扩大这些概念的外延,这是因为近体诗中那种关系隐含甚至含糊不清的例子是很多的。此外,似乎存在着一种普遍的误解,认为中国诗中很少运用隐喻。例如,阿瑟·韦利(Arthur Waley)写道:

> 诸如隐喻、明喻、文字游戏之类的修辞手法的运用在汉语中受到更多的限制。隐喻性形容词只能偶然碰到,例如,波涛可以称之为"愤怒的"(怒涛)。但在一般情况下,汉语的形容词不具备我们的诗人所常赋予的那些内容。在汉语中,按照不同的情况,天可以是蓝色的、灰色的或多云的,却没有喜悦的、恐怖的。[6]

这段表述并不明确,在某些场合,"更多的限制"似乎意味着汉语不宜使用非常明显的隐喻,像"欢悦的天空"或"恐怖的天空"。对于这一点,我们表示同意,并想做两点补充:一、中国诗中的隐喻大体上是以细致微妙而非引人注目为特征的;二、随着时代的发展,唐代近体诗中的隐喻在使用频率和不协调程度上有明显的增长。例如"白云"是初、中唐时期的典型形象,到了晚唐,则被"黄云"所代替,与此相似,"枯叶"代替了"绿叶","碎光"代替了"清光"。实际上,较为显著的意象和隐喻的大量出现,正是晚唐诗区别于初、中

---

[6] 阿瑟·韦利,《汉诗一百七十首》(*One Hundred and Seventy Chinese Poems*,纽约,1919),21页。韦利在该书1962年版的前言中放弃了这种观点。

唐诗的一个特征。

韦利似乎也用"更多的限制"来表明中国诗在修辞手法的运用上不如西方诗那么频繁,"隐喻性形容词只能偶然碰到"则进一步证实了这种观点。前面,我们已举过一个含有隐喻的例子,在那里,"轻烟"代替了"皇宠",它的效果与把烟比作"慷慨的"或像韦利所说波涛是"愤怒的"的效果是相同的。作为翻译家的韦利试图避开这类诗的想法是可以理解的,把这些诗向那些对中国几乎一无所知的英国公众介绍,使他们理解,这种作法就像在说笑话之前向听众解释这个笑话何以会引人发笑一样。尽管如此,我们仍不免怀疑:韦利没有注意到许多中国诗中的隐喻力量,因而才形成中国诗人较少运用隐喻的错误印象(虽然这种怀疑不能成立)。必须一提的是,韦利后来放弃了这种观点。但是由于这种观点似乎仍有市场,所以我们有责任纠正这种误解。

(五)隐喻的种类

本节的目的是全面考察唐诗中隐喻的主要类型,此外,还将指出汉诗与英诗在隐喻构成方面的重要区别。我们首先简要介绍布鲁克-罗斯(Brooke-Rose)在她关于英诗的论著中提出的分类方法,然后把它应用于唐诗,在应用过程中还将做一些修改,使之最终更适于唐诗。

在《隐喻语法》(这也许是一部从语言学角度对隐喻做了最彻

底研究的著作)中,布鲁克-罗斯提出了五种形态的名词隐喻[7]:

(1)简单替换:特定对象在没有任何提示的情况下,被隐喻直接替换。例如,密尔顿称撒旦为"敌人"、"诱惑者";安东尼在提到克里奥帕特拉时说:"巫婆要死了。"

(2)指示式:特定词 A 先被提及,然后由带有对此特定对象有指示性的隐喻所替换。

(3)系词:说 A 是 B,这种直接表述具有一种命令甚至教训的口气,而较为婉转的表述方式则包括"似乎"、"称作"或"被称作"、"意味着"、"值得"、"成为"等等。

(4)带"使"的联结:这是一种涉及第三个因素的直接表述——C 使 A 成为 B。它是比系词更明确的表述,因为它说明了变化的原因和过程。

(5)所有格:这是最复杂的类型,因为名词隐喻有时与特定对象连接,有时与表示隐喻成分的第三个因素连接,如 B 是 C 的一部分,或 B 源于 C,或 B 属于 C,或 B 归因于 C,或 B 在 C 的基础上构成,从这些关系中,我们可以猜出特定对象 A 是什么(例如,我心灵的住宅＝躯体)。

我们把名词隐喻分为两类,一是喻体和喻指同时出现,一是喻体单独出现。这种区别相当重要,因为两种类型提出的问题也不同。在后一种情况中,主要的问题是隐喻的意义,一旦我们发现缺少喻指,同时注意到通过它与喻体的联系而改变或扩大隐喻意义的途径,我们也就理解了隐喻;而前一种情况中的问题,则是喻体

---

[7] 克里斯汀·布鲁克-罗斯(Christine Brooke-Rose),《隐喻语法》(*A Grammar of Metaphor*, 伦敦,1958),23—24 页。

和喻指是怎样联系的——通过怎样的组织形式和以哪些词或短语充当标志而实现联系的。作为一种组织原则,对等已经受到了充分的强调;对标志做一个简短研究也将为隐喻分类提供一些标准。

我们所说的"喻指"和"喻体"就是布鲁克-罗斯所说的"特定对象"和"隐喻",而她的五种隐喻类型实际上可以减到两个,很明显,简单替换就是喻体单独出现的类型;带"使"的连接和系词则是喻体和喻指共存的类型。另外两种类型则介于两类之间,在指示式中,喻体和喻指虽同时出现,但其间的关系并非始终明确;所有格则是混合的,有时两个成分同时出现并且关系明确,有时则喻体单独出现。

假设一个隐喻由喻体和喻指组成,此外还有一个因素把它们联系起来,这第三个因素究竟起什么作用呢?这个问题乍一看有点荒谬,但其实不然,因为我们已经看到,并列的两个名词不需要任何附加成分而完全有能力构成隐喻,例如"浮云游子意,落日故人情",连接成分是多余的,这样自然就产生一个问题:究竟为什么会有这第三个因素?

首先让我们看看系词,它是最简单的联系形式。系词"是"在唐诗中确实存在,但当它出现时,它所连接的两个成分不仅是同一的,而且是对比的。在李白的名句"床前明月光,疑是地上霜"中,诗人把月光和霜视若一体,但同时又用"疑"否定了这种判断。在上文第三部分的"静态动词"一节中,也有同样的例子:"可怜无定河边骨,犹是春闺梦里人",这里的"是"直接引出了"不是",士兵们早已战死,他们的遗骨腐烂在无定河边,只是在爱人的梦中他们还活着;"三两渔火是瓜洲"中的三两渔火之处可能是诗人的故乡——瓜洲,但也可能是毫不相干的另外一地。在宋诗中,这种技巧也同样使用,如苏轼就有"孤云落日是长安"(846)和"青山一发是中原"(850)的诗句。所有这些例子中的希望对象——丈夫、家乡、首都——都是与某种遥远的事物相等同的,所以,尽管渴望强烈,但终于可望而不可即。

另一种连接手段是运用否定词"不"或"非",在普通语言中,它们的作用是说明相反的情况,但是,如前所述,并列状态的名词完全有能力自己形成相反,如"江汉思归客,乾坤一腐儒"。那么为何还需要"不"或"非"这样的明显标志呢?回答是:当相反的情况被明确提出时,否定词则把读者的注意力引向同一性。下面所引的李白诗就是一个明显例证,它是写于诗人在江边与朋友告别之际:

> 水国秋风夜,
> 殊非远别时。
> 长安如梦里,
> 何日是归期。
> 　　　　(674)

否定词"非"出现在第二句中,头两句的字面意义是:此时此地不应是久别的时机,然而相反的情况倒是真实的。诗人是借别友的机会抒发对自己境况的悲叹:和他的朋友一样,诗人也离开了长安。于是,诗句不仅表现了故友重逢的机会渺茫,而且表现了他们对能否再返长安所怀的迷惘。

类似的连接词运用总是歧义的,两个并列名词通过对等而实现的联系是一种介于相似与相反之间的不稳定平衡,其他因素的插入则会打破这种平衡,产生出相反方向的反应。因此,系词的出现将产生一种使人们注意相反情况的效果,而否定词则可以强调相似性与同一性。

布鲁克-罗斯的第四种形态是带"使"连接。"使"这个动词通过一个引入变化动因的过程连接喻体和喻指:C 使 A 成为 B。在汉语中,动因有时并不出现,甚至在普遍谈话中也是如此。连接不需要表现出来,指示变化也是多余的,语言自身的前趋力量足以传达变化的意义。因此布鲁克-罗斯的第三种类型在中国诗中很少出现。[8]然而,有一个与"使"略微近似的动词"化",但是,当它被使用时,与其说是陈述变化,不如说是强调变化本身或与之相联系的事物,例如在"只愁歌舞散,化作彩云飞"(454)中,"化"在"散"、"彩云"和"飞"的语境中,强调了由变化导致的歌消舞散;李商隐的"愿得化为红绶带,许教双凤一时衔"(CTS6172)则突出表现了一种愿望而不是变化的过程。

现在,我们再回头看看简单替换的情况。这种类型具有很广的表现范围,从套语到象征都可以归入其中。和别的诗一样,中国诗也有许多重复使用的套语,例如,月亮常被称为"明镜"、"玉轮"、"半盘";美女被比作"花",眼睛被说成"秋波"等等。这种套语的产生是很容易解释的,当一个隐喻由于过多使用而失去新鲜感时,它就成为套语。这时,喻体和喻指之间不再以可以觉察的相似性,而是以因袭的纽带互相连接的。严格地说,套语不能看作简单替换的例子——因为它们属于用滥了的隐喻——但它们可以说明一个重要原则——在替换喻指时,这些套语可以强调它的感性特征:"明镜"、"玉轮"、"半盘"都指出了月亮的形状或颜色,而"秋波"则

---

[8] 原文如此。"第三种"疑为"第四种"之误。——译者注

显示了女子眼睛的清澈与活泼。

同样的原则也可应用于简单替换中的特定对象。唐代诗人中,李贺是以偏好使用代用语闻名的:剑被说成"玉龙",酒被看作"琥珀",天空是"圆苍",秋花是"冷红",春草则被称为"寒绿"。

辨别一个替换成分,部分是靠它所具备的特征,同时还得取决于它所处的语境。刘禹锡的"破额山前碧玉流"(CTS3940)中的"碧玉"是指水流,这句诗是说,河水流淌好像冲破了山的前额。动词"流"在这里提供了理解的线索,它再次证明了动词的重要性。

在下面这首白居易诗中,有几个简单替换的例子:

> 时难年荒世业空,
> 弟兄羁旅各西东。
> 田园寥落干戈后,
> 骨肉流离道路中。
> 吊影分为千里雁,
> 辞根散作九秋蓬。
> 共看明月应垂泪,
> 一夜乡心五处同。
> （CTS,4839）

第三句中的"干戈"代表战争,第四句中的"骨肉"代表兄弟,这都可看成隐喻或转喻,但实际上它们都是套语。第五句中的"雁"和第六句中的"蓬"指的都是第二句中的"弟兄"。这里没有一个指示式所必备的指示标志,这一点很有意义。当然,以另一种方式可以使指称对象明确起来,白居易给此诗起了一个很长而且很明确的标题:《自河南经乱关内阻饥兄弟离散各在一方因望月有感聊书所怀寄上浮梁大兄于潜七兄乌江十五兄兼示符离及下邽弟妹》。作者这样做是为了把各种外在因素都由题目表达,而使诗的正文部分能集中表现诗人深切的情感。

最后,我们讨论一下所有格,在汉语中,同它最近似的是一种包括量词的成分。当李煜写道:"问君能有几多愁,恰似一江春水向东流"时,"江"作为一个表示度量的词,表面上指那滔滔不尽的江水,实际上则隐喻着作者那绵绵无穷的愁绪。其他名词也可以当作量词以表现那些无形的实体。例如风,就有"一笛清风"、"一簪秋风"、"一袖清风"、"一帆长风"等说法,这使得风获得了感觉上和想象上的特征,从而易于为人们所接受。在"悬灯千嶂夕,卷幔五湖秋"(420)中,"嶂"和"湖"同样起着量词的作用,整联的意思是:高悬的明灯越过千山万岭照亮了傍晚,轻卷的窗帷显露出五湖的秋色。

我们希望上面的讨论能够显示出中西诗歌名词隐喻的重要区别:在西方诗歌中,小品词和语法因素在隐喻构成中起着不可或缺的作用。布鲁克-罗斯所提的五种隐喻形态中,系词式运用了系词或性质相似的其他动词;指示式先说喻指,然后用指代词"那"(that)指代它;所有格则要求有结构助词"的";用"使"连接的隐喻也是必须具备动词"使"。然而,语法性小品词在近体诗中却很少出现,而且它们在前面所提的诸种隐喻中都不起主要作用;系词和否定词虽然有时在隐喻中出现,但它们的存在只是为了强调隐喻中的张力和多重意义,而不是构成隐喻本身。从积极的观点看,我们认为,近体诗中的绝大多数隐喻是由对等原则构成的,而喻指和喻体的联系是建立在它们共有某一特征的基础之上的;汉诗的隐喻是细致微妙而非引人注目的。随之而来的结论是：在某些场合中，诗里只有喻体出现而喻指却隐含不露；在另一些场合中，虽然喻体喻指同时出现，但其间并无任何构成联系的语法成分，只能根据它们所共有的特征来分辨其关系。

前面，我们曾对动词和动词隐喻做过一个简要的总结，我们将以此作为本节的结论。当一个名词和一个动词同时出现在一个不协调的语法结构中时，总是名词适应动词而不是相反；动词隐喻的语言形式是一个名词后接一个处于谓语位置的动词或静态动词。进一步的结论是，由于动词和形容词的意义是稳定的，它们出现在由两个名词所构成的隐喻中，可以起到指示的作用，例如在"浮云游子意"中，动词"浮"把云的性质赋予了"游子意"；在"云笼远岫愁千片"中，动词"笼"指出了云的另一种特征，即像愁绪一样缭绕郁结。在这一点上，形容词也有同样的指示作用。

但是，这里所说的指示标志和布鲁克-罗斯所提出的指示有很大区别。"使"、"是"、"这"、"那"、"……的"之类的词自身缺乏感性特征，它们在隐喻构成中的作用只是指出何为喻指，何为喻体，并使它们联系起来，这种词是隐喻关系的明确体现；而在近体诗中，当动词或形容而作为指示出现时，它们所展示的则是那些以喻指和喻体形式出现的名词所具有的特征，隐喻关系没有具体的语言形式，它只是根据对等原则构成的。正如我们在上文所指出的那样，近体诗中的名词倾向于性质而不倾向于对象本身。这就是为什么中国诗中指示词不同于西方诗的原因之一。

下面，我们准备提出一种隐喻的分类，其中所涉及的例子，如果前面未曾引用，我们将简要说明一下它所反映的问题。

Ⅰ. 名词隐喻

A. 带标志的

i) 肯定性的:"床前明月光,疑是地上霜"。

ii) 否定性的:"水国秋月夜,殊非远别时"。

B. 没有标志的:"夜来风雨声,花落知多少"。(758)

C. 通过第三者传递的:"泠泠七弦上,静听松风寒"。(763)("松风之寒在琴弦上",但这一句意义不太明确,究竟是什么充当传递作用的第三者,音乐、寂静抑或是情绪?)

Ⅱ. 动词隐喻

A. 带动词的:"山青花欲燃"。

B. 带定语性形容词的:"秋水清无力"。

Ⅲ. 混合型

A. 名词间的特征转移:"玉阶生白露"(764)。这里,名词间传递的特征是白、冷和半透明。因此,对等关系是在"玉"和"白"之间确立的,而且扩展"玉阶"和"白露"的连接上。参见本文第二章第六节中的最后一例。

B. 名词隐喻和动词隐喻的结合:"落花如有意,来去逐船流"(760)。说落花有意是把花拟人化,因此这是动词隐喻;而"落花"也暗指赠诗的对象——某个情人。所以,这又是名词隐喻。

(六)作为组织原则的对等

五绝是近体诗中最短的体裁,它紧凑的形式是对诗人的特殊的挑战,因为只有二十个字供他支配,必然有许多东西无法说出,而这无法说出的内容却要通过间接的方式传达出来,所以,在五绝中,对等原则自然得到最有效的应用。下面,我们将举例说明对等原则是怎样使诗中所有的名词连接起来,从而使诗的焦点集中,并创造出新的组织层次。

杂诗
王维

君自故乡来,
应知故乡事。
来日绮窗前,
寒梅著花未。
(756)

第一句的"故乡"当然与第二句中的"故乡"一样,"绮窗"是"寒梅著花"的背景,所以重点在后者;此外,又通过"寒梅著花"与"故乡事"的对等,表达了更深一层的含义,它的确是全诗,也是诗人所关注的重点。通过这些相互联系的对等关系,虽然诗人没有做任何提示,却很好地表现了他强烈的思乡之情。

送朱大入秦
孟浩然

游人五陵去,
宝剑值千金。

> 分手脱相赠,
> 平生一片心。
> （758）

"千金"是与"宝剑"对等的,但这里是强调宝剑的价值;三、四句说"分手脱相赠,平生一片心",其中所赠的礼物就是宝剑。所以,"宝剑"又与"平生一片心"进一步对等。我们还注意到最后一句是一个名词短语,即在"心"前加两个修饰语构成;"一片"是形容友情的真挚,但全诗的重点是"平生";与其他用以提供背景的时、空表达方式不同,"平生"把时间作为一种肯定的性质加以对待,作为"心"的修饰,它把时间的连续性和全部内涵都投射到友情上。于是,首句"游人五陵去"勾勒了一幅时空的背景,在它的衬托下,全诗的重点落在朋友之间的情谊上,作为象征的礼物不仅与"心"对等,而且与"平生一片心"对等。

静夜思
李白

> 床前明月光,
> 疑是地上霜。
> 举头望山月,
> 低头思故乡。
> （764）

李白的这首名诗由一系列真实与想象的对等组成:通过"是","明月"和"地上霜"对等,但它受到来自"疑"的悬而不决的否定;作为原因和结果,"山月"是与"明月光"相联系的。无论在哪一种情况中,对等都通过共同的特征而得到进一步确证:月光和山月都是明亮的,山月和故乡又是同样遥不可及的。

玉阶怨
李白

玉阶生白露,
夜久侵罗袜。
却下水精帘,
玲珑望秋月。
(764)

这首容易使人误认为简单的小诗首先是按照时间连续的原则组织的:一个女子在玉阶伫立遥望,夜深人静,白露渐生,浸湿了她的罗袜,她步入闺房,落下水精窗帷,但仍在凝望着秋空上的一轮明月。另一个起作用的原则就是对等:玉阶和白露都是白色的、冷的和半透明的,同样,罗袜、水精帘、秋月也是如此。可以说,诗中所有的名词都有相同的特征,而且,所有的名词和充当修饰的形容词都把人们的注意力引向这些特征。如果有一个词能囊括这些特征——白、冷、半透明——那就是"玲珑"。据《说文解字》解释,玲珑是玉的声音,另一常见意义是"雕镂的样子"。但有时也用"玲珑"来描绘姑娘的美貌,像"小巧玲珑"。在本诗的语境中,"玲珑"是描绘透过水精帘所看见的月亮,还是指望月的女主人公似乎难以确定;但

177

毫无疑问,"玲珑"一词使那些弥漫全诗的特征得到强调。[9]

李白的这首诗从两个重要方面说明了雅各布森的对等原理:第一,所有的名词——玉阶、白露、罗袜、水精帘、秋月——虽然在语链中不相邻近,但仍然可以连接起来。第二,这种连接是通过对等,即相似或相反而实现的,这种对等在普通语言中是语链内的词与语链外的词相对,而在这里,对比则出现在同一语链中的词与词之间,它确实发挥了构成诗歌组织的作用,这正说明了雅各布森的理论:"诗的作用是把对等原则从选择过程带入组合过程。"

(七)对等关系与抒情诗

前面,我们已经表明了对等关系在组织抒情诗(特别是五言绝句)并使之统一化过程中的作用。现在,我们想提出这样的问题:作为一种自觉的传统,抒情诗是如何发展的?而且在这种发展过程中,对等原则又怎样成为它的组织原则?因为本文的研究重点是唐诗,所以我们对唐代之前的一段时间,即六朝时期特别感兴趣。

《简明牛津当代英语词典》给抒情诗的定义是:"通常简要地表达作者的思想或情感……"据此,可以认为抒情诗有两个重要特点:内容偏重于主观性和情感性;形式简洁紧凑。这两个特点的历

---

[9] 我们对《玉阶怨》的解释曾被程抱一用于他的"四行的内心世界",见《中外文学》第二卷第二期(1973.7),28—36页。

史发展将是本节的重要课题：前者在六朝文论家们对《诗序》的阐释中已被提出；后者则是六朝时期影响很大的理论，这种理论宣称"言不尽意"。此外，我们还将指出，作为近体诗的基本结构单位的对句也是在这一时期出现的，它为对等原则的运用提供了形式基础。

《诗序》相传为汉朝卫宏所作。一般都把它看作关于诗的本质和功用的经典理论。像许多经典一样，它也引起了各种解释的纷争。这里，我们无意解决这场年代久远的争论，只想对《诗序》做一个简略的介绍，然后再浏览一下六朝批评家们的有关论述（主要是刘勰和钟嵘的观点），以期弄清《诗序》的本意并从而显示六朝的文学批评家们的基本观点，即诗的作用是表现感情的冲动。《诗序》开宗明义：

> 诗者，志之所之也。在心为志，发言为诗。情动于中而形于言，言之不足故嗟叹之，嗟叹之不足故永歌之，永歌之不足，不知手之舞之，足之蹈之也。

争论的焦点是关于"志"的意义。我们把它译成"heart's wishes"（"心愿"）或"wish"（"愿望"），这是想表明我们尚待证明的看法：情感冲动产生了诗歌。但是，对"志"的另一种解释也是可以成立的。"志"有"意志"或"志向"的含义，所以有些批评家认为"志"应是代表道德观念，据此，诗的作用应是教化万民。

虽然《诗序》本身的意义不明，但刘勰和钟嵘的解释却十分清楚，至少从整体上看是如此。下面一段文字引自《文心雕龙·明诗》：

> 大舜云:"诗言志,歌永言。"圣谟所析,义已明矣。是以在心为志,发言为诗,舒文载实,其在兹乎?诗者,持也,持人情性;三百之蔽,义归无邪,持之为训,有符焉尔。……人禀七情,应物斯感,感物吟志,莫非自然。

第一段中有关道德说教的观点很快被第二段明确提倡的抒情观点所抵消,造成这种差异的原因部分可以归结于这样的事实:第一段完全是引述前人的言论,很少表现刘勰自己的观点。在其他地方,刘勰对于抒情观点的倾向表现得更为清楚,例如,"是以意授于思,言授于意"(《文心雕龙·神思》),"夫情动而言形,理发而文见"(同上书《体性》);钟嵘也在《诗品序》中写道:"气之动物,物之感人,故摇荡性情,形诸歌舞。"

所有这些论述都是对《诗序》的发挥。首先必须注意的是,这里,除了刘勰曾用"诗者,持也"的定义来支持儒家关于《诗三百》在道德意义上完美无瑕的观点之外,再没有其他论述把诗的目的归结为教化。其次,有几个颇有争议的词如"意志"、"愿望"等,是可以与"志"互换的。《诗序》说"在心为志,发言为诗",而在上面那些文字中,"感情"、"感情和本性"、"思想"、"愿望"都被说成诗歌表达的内容,在这些解释中,"志"已被看作整个心理状态的体现。考虑到刘勰和钟嵘都是六朝文论的代表人物,我们可以说,认为诗的作用在于表现情感冲动的观点,在六朝时期是一种普遍的认识。

《诗序》还贴切地描述了诗人需要表达感情与缺少充分的表达方式之间的矛盾:"情动于中而形于言,言之不足故嗟叹之,嗟叹之不足故永歌之,永歌之不足,不知手之舞之,足之蹈之也。"换句话说,诗人的心态可以看成这样:"我感到……",但却没有现成的适当语言去表现它。于是,这就使我们面临了一个新的问题:诗人究竟如何表现他的朦胧感受呢?

简洁,是抒情诗的形式特征,它最初的理论基础是"言不尽意"说,"意"可以被解释为"意向"、"思想"、"意念",更恰当地说,应是"心态"。这种理论在魏晋南北朝时期的知识阶层影响很大,《世说新语·文学篇》记载:"旧云王丞相过江左,止道声无哀乐、养生、言尽意三理而已。"声无哀乐论和养生论的主要倡导者是嵇康,而言意关系的问题则在王弼、荀粲和欧阳建等人之间辩论很久,最后,主张"言不尽意"的王、荀取得了胜利。[10]

"言不尽意"说对当时文学理论的影响可以从以下几段论述中略见一斑:在讨论描绘自然的方法时,刘勰提出:"物色虽繁而析辞尚简","物色尽而情有余者,晓会通也"(《文心雕龙·物色》),这段话明显与"言不尽意"说遥相呼应;钟嵘在给"兴"定义时也说,"文已尽而意有余,兴也"(《梁书·钟嵘传》);当陶渊明写下他的名句"此中有真意,欲辨已忘言"时,表现的是庄子的处世思想,但其中也反映了当时流行的观念。

如前所述,诗人所面临的问题是:一方面他试图表达他特定的感受、朦胧的心理状态,另一方面却无法找到相应的语言。权宜之计是采用释义和曲折的表达,以求近似的效果,诗人可以先用一些词来描述他所要表现的对象,然后再用更多的词去修饰它,这种铺陈蹈厉的表现方法可以"赋"为代表。但是,"言不尽意"说在此起

---

[10] 关于"言不尽意"的问题,参见汤用彤《魏晋玄学论稿》(北京,1957),26—47页;牟宗三《才性与玄理》(香港,1963),243页。

了决定性的作用,它坚信只要是"言",不论多少都无法尽"意",简言至少还可以有精练之美。的确,近体诗的形成过程明显表现出"言不尽意"说的影响:一首诗的行数逐渐减少,直至达到固定的四行或八行。

第三个也是最后一个需要考虑的问题是作为诗的基本结构单位的对句的出现。六朝诗歌的一个显著特点便是对句的使用,然而,当时的诗人和批评家并没有意识到,他们已经开始考虑对句的内在原则并在这个过程中发现了我们所谓的对等关系。让我们再看看《文心雕龙》。在讨论对句的《丽辞》篇中,刘勰区别了四种类型的对句,对其中两类他是这样论述的:"反对者,理殊趣合者也;正对者,事异义同者也。"这段话包含了两个重要的观点:其一,对句中潜存的相对或相反原则,正是我们所说的对等原则;其二,对句所体现的"趣合"或"义同"是由上下联所表现的,它也就是存在于张力之中的意义,而这张力正是由上下联所维持的,因此,这种张力所蕴含的意义绝非语言可以穷尽的。关于这一点,我们只要看看刘勰所举的两个劣等对句就可以明白:"游雁比翼翔,归鸿知接翩","宣尼悲获麟,西狩泣孔丘"。在这两个例子中,每联的上下句表达的意义完全相同,而且两句诗无论是分开还是合起,读来都是言尽意穷,两句之间缺少差异以维持张力,因而毫无余味可言。由此,我们可以推知:所谓"趣合"或"意同"应该指产生于对句中上下联之间的新的意义。所以,差的对句,一句加一句还是一句;而好的对句,整体应大于各部分的总和。

对句是抒情诗的缩影,它的形式简洁,是以"趣同"或"义合"的方式表达意义。此外,对句的结构要求运用对等原则,当这种原则由对句扩展到整首诗时,就成为类似于《玉阶怨》的作品——利用对等原则联系诗中的所有名词,并把关注焦点放在它们的共同特征上。总而言之,对句在六朝的出现,为对等原则的运用提供了形式上的条件,发展下去,这种原则便成为抒情诗不可分割的一部分。

在本节的开头,我们曾提出抒情诗的自觉传统是怎样发展的这样一个问题,并准备在结尾时谈谈"自觉"一词所蕴含的意义。如果我们对抒情诗传统的起源感兴趣——而把自觉意识的问题搁置一边——也许要追溯到中国诗歌的最初阶段。但是,我们现在所要探讨的是:抒情诗的创作者什么时候又成为对等原则的自觉运用者。如果我们把这种自觉意识的起源阶段界定在六朝,并认为在此之前,中国没有多少文学批评,这种看法应该不会引起惊奇,而这个看来十分普通的结论却包含了重要的意义。对等原则源出于语言学,是由雅各布森和列维-斯特劳斯(Lévi-Strauss)引入的一般诗性结构的分析,又被我们用于近体诗研究。读者也许认为我们的方法虽然新颖却不符合中国的文化传统,但是,正如我们所证明的:刘勰——中国最早的文学理论家——已经意识到抒情诗的两个基本特点:形式的简练和内容的主观性,也意识到对等原则的存在。如果是这样,那么我们的努力就不仅为后来唐诗的发展确立了理论基础,而且提出了一种以中国文化传统为前提的诗性结构的分析方法。

三、典故和历史原型

（一）定义与范围

首先，我们应对"典故"一词做点解释，并据此确定本章的研究范围和研究方向。《韦氏大学词典》给"典故"的定义是："一种含蓄的或间接的指称。"按照我们的观点，这种指称无论是直接的还是间接的、明确的还是含蓄的都无关紧要。

前面，我们曾讨论过王维的《息夫人》和卢纶的《塞下曲》，前者，从标题到内容都显示出直接而明确的历史性指称；而后者无论是标题还是诗本身都看不出用典的痕迹，它只是利用诗中所表现的内容与一段历史故事的相似，引起人们对于更深一层意义的关注。在我们看来，两首诗都运用典故，它们共同表现了这样的原则：如果一首诗中的主要事件涉及到另外一件事，这首诗就运用了典故。

有必要提请注意的是，这里所说的"典故"与汉语术语"用事"是相同的。"事"在这里应理解为"过去的事"，有时也指在先前的文章中提及的事。"用事"应和"提及某事"区别开来；如果诗人直接提到一件当前的事，这只能算"提及某事"，"用事"则是诗人通过某件过去的事件暗指当前的事。严格地说,"用事"应被理解为"历史的典故",为了行文的方便,我们将用"典故"代表"历史的典故"或"用事"。典故就是本章讨论的主题。

(二)典故的结构

当开始考察典故时,我们首先会遇到一系列的问题:什么是典故的基本成分(特别像杜甫、李商隐诗中的典故,它们常起到突出的作用)？隐喻和典故的异同分别表现在哪些方面？典故的运用对诗人和诗歌本身有怎样的作用？它使我们对中国人的历史观念有哪些了解？这些都是大问题,下面这个例子可以使这些问题更加明确:

窦融表已来关右,陶侃军宜次石头。(627)

这联诗出自李商隐七律《重有感》,在这首诗中,诗人表现了他对当时动荡不安的政治局势的焦虑。当时,宦官控制了文宗皇帝——他的行动、决策和他本人,朝臣被这种篡权行为所激怒,密谋复辟,"时李训、郑注谋诛内官,诈言舍吾仗石榴树有甘露,请上观之。内官先至金吾仗,见幕下伏甲,遽扶帝辇入内,故训等败,流血涂地,京师大骇"(《旧唐书·文宗纪》)。当时的唯一希望是藩镇之助。昭义节度使刘从谏曾上疏言:"谨修封疆、缮甲兵,为陛下腹心;如奸臣难制,誓以死清君侧。"(《新唐书·宦官列传上》)但是虽有此

185

誓言,刘从谏并未采取进一步的行动。李商隐的诗就写在这样的历史关头,我们所引的这两句正是直接点明这一点。

窦融是位汉将,一位像刘从谏一样的边帅,他也曾上表要把自己的部队交给皇帝调遣。诗的上联是通过窦融的典故写刘的行动,"窦融表已出关右",这里的"关右"指的是首都;下联"陶侃军宜次石头"也是暗指刘从谏,但其中关系已大不一样。东晋时苏峻谋反,陶侃被推为盟主,《晋书·陶侃传》载:"侃戎服登舟,与温峤、庾亮俱会石头诸军,与峻战,斩峻于阵。"诗人写这句诗时,刘从谏并未做出陶侃当年的业绩,诗人希望他能像陶侃一样采取果断的行动。在这里,"宜"是一个关键的词——"陶侃军宜次石头"是说刘从谏的部队应该进发长安,痛剿宦官,而不应固守边疆、按兵不动。事实上,唐王朝的命运也就取决于刘从谏的行动,取决于他是空陈忠言还是领兵进京。

现在,我们可以回答前面的一个问题,典故的基本成分是什么了。一个典故有两个极点:一个与现实问题相关,一个与历史事件相连,两者互相比较,而比较的目的则在于显示它们的相似之处,从而提供机会以使诗人描述或评论现实的问题。这是非常明显的。但是,用以与现实比较的历史事件常常没有受到足够的重视,这是因为在大多数情况下,历史事件与现实问题是不相同的:把刘从谏和陶侃相比,是因为陶侃发兵石头,斩苏峻于阵,而刘从谏则仅仅宣称准备行动。这种强调相反而不是相似的历史比较,应该称之为"否定性典故"(negative allusion)。

(三)隐喻和典故的比较

相似与相反不仅是构成隐喻的手段,在典故的构成中也是有效的原则。实际上,我们提出"隐喻关系"这个概念,就是为了用一个术语概括这两种关系。现在,我们可以说,对等原则是隐喻和典故的共同基础。

隐喻和典故的不同表现在哪些方面呢?最简单的回答是:它们的侧重点不同,隐喻重视对象特征的描绘,典故则强调对象动作的表现。那么,造成这种区别的原因又是什么呢?

作为表现手段的隐喻有没有限度?换句话说,假设诗人拥有无限丰富的隐喻手段,是否还有无法表现的事物?答案是:有,人的道德行为就是其中之一。这里,我们把"道德行为"理解成一件相当复杂的事。X死了,Y是导致X死亡的实际原因,我们说Y杀了X;但是,若要从道德的立场适当描述Y的行动,我们需要知道的东西就太多了,我们必须知道:Y与X的关系,导致这种杀害发生的环境,Y的谋杀动机等。道德行为的内在复杂性还可由下面的事实进一步证明:在英语中,表现"杀"这一动作的词很多,如"murder"(谋杀)、"homicide"(凶杀)、"assassination"(刺杀)、"execution"(处死)、"mercy killing"(安乐死)、"manslaughter"(过失杀人)、"infanticide"(杀婴)、"fratricide"(杀兄)等等,它们所指的只是常见的杀害事件;中国始于《左传》的编史传统里,也保存了大量复杂的、区别细微的词用以描述君王之死。要知道某一特定的杀害行为应该用哪一个词,就必须对客观环境有全面而充分的了解,而这种客观环境是十分复杂的。由此可知,如果我们关于隐喻主要用于表现事物特征的观点是正确的,那么,增加隐喻的描写,提高隐喻的表现力,只能产生越来越多的、简明而细致的特征,而环境、动机、意图这些了解道德行为的必要条件却一点也得不到表现。

因为近体诗的最大容量也只有七言八句共五十六个字,在这样短的篇幅中,很难把某一行为的动机、环境解释清楚,而一个没有环境和动机的行为,就不能算是道德行为,这样,近体诗作者在表现道德行为时所面临的问题也就更加尖锐。然而,典故的运用使本来不可能的事成为不必要的事:由于环境、动机、人物关系等背景材料都已蕴含于典故之中,详细的解释就被简略的暗示所取代了。当提到某个历史人物或地点时,所有与之相关的意义和事件都会随之俱出;而当典故运用于现实的题材之中时,就为道德行为提供了活动的环境。在这种速写式历史的运用中,中国诗人的表现与禅宗画家的风范非常接近,后者只要很关键的寥寥几笔就能画出人物和风景等非常丰富的内容。

例如,在李商隐的《重有感》中,刘从谏是在什么情况下上疏皇帝?为什么要上疏?疏中说了些什么?我们只有了解这些事实,才能对这个行为做出道德评价;但要像《新唐书》所记载的那样,把所有的原委始末都写下来,至少还得写一首诗。然而,运用了典故之后,只要提到窦融的名字,就包含了窦与刘的平行比较,从而使人清楚地了解了这样的史实:中央政府衰弱已极,一个边帅提议领兵进京,恢复皇帝的正统地位。简言之,如果诗人想在近体诗中表现某个人的道德行为,他就必须借助于典故;诗人若把自己局限在隐喻的范围内,他将无法表现人类行为的主题。

(四)整体性典故和局部性典故

由于典故关系到过去的事件和当前的主题,因而,它的作用之一就是增加新的意义。在这种联想联系中,我们想区别两种不同的效果:整体的和局部的。如果所增加的意义仅局限在典故的那一句中,这种典故就是局部性的;反之,如果新的意义不仅影响了一句诗,而且影响到整首诗,这就是整体性的典故,在这种情况下,典故则成为诗的组织原则。我们来看看杜甫的《秋兴》之三:

> 千家山郭静朝晖,
> 日日江楼坐翠微。
> 信宿渔人还泛泛,
> 清秋燕子故飞飞。
> 匡衡抗疏功名薄,
> 刘向传经心事违。
> 同学少年多不贱,
> 五陵衣马自轻肥。
>
> (583)

诗的五、六两句曾在本文第一章第二节中讨论过,其中运用了两个典故,它们的用处在于使杜甫与两个青史留名的人物相比,从而表现了杜甫的穷困境遇;它们所在的诗句,都有过去与现在的呼应,从而产生了双重的指称和意义。但是,诗的其他部分则大体上停留于字面意义,没有受到这两个典故的影响,所以,这一联就是应用局部典故的范例。

典故的整体效果,可以杜甫的《禹庙》为例:

> 禹庙空山里,
> 秋风落日斜。
> 荒庭垂橘柚,
> 古屋画龙蛇。
> 云气生虚壁,
> 江声走白沙。
> 早知乘四载,
> 疏凿控三巴。
>
> (485)

一如标题所示,这首诗描写的是位于四川境内长江之畔的禹王庙。禹是传说中著名的治水英雄,而且,作为一个文化英雄,他还被赋予了许多其他方面的卓越成就。乍一看,全诗似可分为两部分:前六句是写禹庙本身及其位置,第七句写禹所发明的四种交通工具——水中之舟、陆上之车、泥中之辅、山中之樏,第八句则赞扬了大禹治水的伟业,其中提到的三巴峡,就是禹庙的所在,也是本诗写作的地方。

然而,通过进一步的研究,我们发现这首诗的组织原则是很微妙的。除了表现题材相同之外,前六句由于运用了一系列含义相近的形容词而得到进一步的统一,像"空"、"落"、"荒"、"虚",由此而表现的肌质构型给全诗赋予了明显的悲凉情调。需要着重指出的是:不仅尾联,其他三联也都暗指了禹王的丰功伟绩。按《尚书》

记载,橘柚是外族部落献给大禹的贡品,而《孟子》中曾有禹把龙蛇逐入沼泽的说法。作为禹庙景物的一部分而出现在三、四两句的橘、柚、龙、蛇,也可以看成禹王伟大的实际证明:当年大禹所纳的橘柚,如今已在他的庙院中长成硕果累累的大树,而他所驯服的龙蛇也成为他庙宇的卫士。五、六两句也有同样的效果,"云气虚白壁,江声走白沙"表现的只是耳闻目睹的场景,但作为治水英雄的大禹,通过他的神力,可以出现在一切与水有关的事物中,所以,"云气"和"江声"也都暗示了云涌江流之中禹王匆匆来去的气势。

因此,这首诗蕴含了两层意义:第一层,每句诗都是围绕禹庙或其周围景物的描写,并以这种对具体事物的描写统一全诗;第二层,每句诗都提到了禹王那些流传至今的丰功伟绩,在这些业绩的衬托下,禹王的形象显得格外高大,因而成为统一全诗的另一个中心。和局部典故不同,整体性典故的运用能产生贯穿全诗的新的意义,同时也作为一种组织原则发挥作用。

(五)作为原型的历史

典故的经常运用是以诗人与读者的互相理解为前提的,而这种互相理解则依赖于某种共同观点。那么,这种观点在典故中表现出哪些主要特点呢?换句话说,诗中典故的运用对于我们了解中国人的历史观和世界观有什么帮助呢?另一个相关的问题是,我们应以怎样的态度对待诗中的典故?

第一,历史是文字记载的历史,所以,每一历史事件都应有一个意义明确的文字记载。从这个意义上说,史实的完整性与可靠性是不容怀疑、不可刊改的。例如,在研究《禹庙》一诗时,大禹是不是一个虚构的神话形象无关紧要,重要的是大禹的功绩在古籍中是凿凿有据的,而这些文字记载又为诗人与读者所共同了解。要想进入这首诗的境界,我们就必须了解这些故事,并相信它们都是真实的。

现代怀疑主义对正确欣赏诗歌是一种妨碍,传统的迂腐学问也是一种妨碍。从宋代以来的训诂传统,使诗歌评论变成一块历史研究的领地,尤其成为评论者卖弄学问的场所。对于诗中提到的历史事件,评论家往往不遗余力地去考证它的历史真实性,只要考虑一下典故的性质,就可以明白:这种努力明显超出了文学批评的范围。前面我们已经说过,典故分为两极,一端与过去联系,一端与现实相接,对于诗中出现的历史事件,如窦融上表、陶侃立盟,只要典故有确定的出处,深入的考证是毫无必要的。诗人仅仅根据他对史实的记忆用典,我们所知道的史实只要和诗人知道的一样多,就足够了,而对于当时的问题,由于表现方式往往是影射曲指,所以反而不易把握,但是,这种含混也是有限度的。典故的存在是以历史与现实的相似或相反为基础的,一个历史事件是有文字记载的,而我们仅需知道那些对现实问题具有比较意义的内容就可以了,无论是相反还是相似的情况,都不必对历史做深入的研究。

总的来说,当对两个事件进行比较时,我们必须选择出一定的特征加以比较(如一个将军敢不敢在时局需要时提兵勤王),这些特征因为可以适用于许多类似的事件,所以必须是带普遍性的。正因为如此,应该引起我们注意的是历史的普遍意义和原型意义而不是具体的细节。如果我们可以把亚里士多德的说法改变一下,那就是:不论是诗歌还是表现在诗歌中的历史事件都应该具有普遍性。

第二,历史的进程是由那些不断重复的原型组成,不管是人物原型还是事件原型。对于已经发生或即将发生的事件,人们都可以根据某种熟悉的模式去考虑它们。例如,李商隐的《重有感》就用了窦融上疏的史实来影射刘从谏意欲勤王的现实,又用了陶侃立盟的典故,表达了作者对刘从谏的希望。我们之所以感到这首诗有一种痛切而紧迫的力量,是因为历史已经在重演,但只是部分的重演,勤王的行动仍是一个未有结果的期待。历史真的将重演吗?唐诗中许多针砭时事的作品,可以说都隐含了对这个问题的回答。因此,杜甫通过南方进贡不继的事实,哀叹了唐朝的衰落,"越裳翡翠无消息,南海明珠久寂寥"(578);王昌龄用李广的故事表达了他对唐朝边防疲弱的失望,"但使龙城飞将在,不教胡马度阴山";李白则更进一步,他不仅写出了过去的事件,而且通过今昔对比,强调了旧事难再的遗憾,"宫女如花满春殿,只今惟有鹧鸪飞"(CTS1846)。

从过去的角度去考虑现在与未来,其中就隐含了明显的变化观念。从这个意义上说,变化,不是全新事件的出现,而是熟悉的事件没有出现,因而给人总的印象是持续不变。有些典故强调的是过去与现在的相似,我们称之为肯定性典故(positive allusion),它所表现的是历史未曾变化的情况;而否定性典故则强调过去与现在的相反,因而明显地指出了历史的变化,即使这样,现在还是被当成过去。实际上,否定性典故是指那种现在应该类似于过去但终于没有类似的情况,在这当中,起支配作用的因素仍是原型,即那种曾经出现并期望再次出现的原型。

在本文的开头,我们曾讨论过语义分类,这里,我们准备把这种分析扩展到历史原型。如同语义分类完成了事物世界(world of things)的原型组织一样,历史原型的分类也将完整事件世界(world of events)的原型组织,尤其是那些与人类活动有关的事件。同样的结论是:当一个词在诗中出现时,它不仅指称某个特定的事物,而且也代表了该事物所属的类别;当一个典故出现于诗中时,它所指涉的不仅是与之相似的过去或现在的事件,而且是永恒的原型。无论是描写事物还是叙述事件,一首诗通常至少有两层意义,具体意义和原型意义。因此,近体诗所表现的世界是相当稳固、持久的,具体的人、事来去匆匆,不断变换,但原型的存在却是永久不变的。我们可以说,人类的行为是在永恒的历史背景上发生的,而且,正是这种背景给人类的行为赋予了道德意义。

四、隐喻语言和分析语言

（一）语言的对立

诗中的句法究竟能起什么作用？在前文中,我们曾试图解决这个问题。现在,我们不妨再从本文的角度重新考察这个问题。

我们曾根据意象语言和推论语言的区别对这个问题做出过系统的回答：当外在句法关系较弱而且名词性复合词的内在构成包含了强烈地倾向于感觉特征的因素时,这种语言就是意象语言；当句法关系较强而分析的明晰度超过感觉的强度时,这就是推论语言。我们还发现,这两种语言在分布和作用上是互相补充的：在近体诗中,中间两联大都使用意象语言以显示感性特征和个体对象,相反,连续性句法则经常出现在尾联,用以统一前面几联中出现的各种事物。简言之,我们所讨论的两种语言是分别以句法关系的有无为标志的,它们在近体诗的不同部分显示出不同的作用。

然而,句法在诗中的作用对我们来说,仍是一个十分重要的问题。在本文的开头,我们曾强调过对等原则的重要性,并在论述过程中表明：当一些简单意象通过他们的共同特征而对等联系时,所产生的就是隐喻语言。从一个范围更广的角度——考虑到名词间对等关系的角度——着眼,隐喻语言就是意象语言。但是,对等关系是一种特殊关系,它或者作用于缺少句法联系的相邻成分之间,或者与这种句法联系相抗衡。于是,句法在诗中有无积极作用的问题就再次被提起了,而且显得更加尖锐,因为雅各布森的理论似乎隐含了这样的观点:对等原则是诗中唯一的关系法则,如果真是这样,诗中就不应有句法的位置。

我们曾经指出:隐喻语言和分析语言相互独立又同样重要,这个观点实际上否定了雅各布森的极端理论。现在,我们准备进一步讨论这个问题并将显示:除了两种语言独立发挥作用之外,有时,它们还协力完成它们中任何一种无法单独完成的任务。然而,每一种语言都是与一种基本的思维方式相联系的。在上文中,我们曾指出意象语言与神话思维在强调集中、独立、强烈等方面的相似性;神话思维的另一个特点是对同一性和对等性的偏重,对于神话来说,所有的事物都互相对等并与"一"对等。十分明显,潜在于隐喻语言中的思维模式即使不是与神话思维一致,至少也是相似的。另一方面,分析语言以句法指明句子成分之间的各种关系——诸如时空条件、语义分类词汇及含义之间的关系等。这是一种与理性思维有明显相似的、自觉的、推演式的思维。当我们考虑两种语言的相互影响时,也应把两种思维方式的相互影响纳入考虑的范围。

我们将列举三种例子:第一是特殊的隐喻,在"如果……那么"的关系中,隐喻的力量被抵消了;第二是引申的隐喻,首先由神话思维建立对等关系,然后再由分析思维把隐喻引申为逻辑结论;第三所揭示的是一种时空关系,它通常被归入分析语言的范围,但也可以用神话—隐喻的语言表现。通过这三类例子,我们将说明两种语言(包括两种潜在的思维方式)是怎样互相影响的。

从表面上看,隐喻似乎是隐喻语言和对等原则的主要活动领域,实际上,分析语言和理性思维也常常介入其中。"我的爱人是一朵红红的玫瑰"(My love is a red, red rose)就是一个把两件事对等的隐喻,系词"是"(is)强调了对等关系;但是不用系词这个隐喻仍然可以表达,如"我的爱人,一朵红的,红玫瑰"(My love, a red, red rose)。而在"我的爱人,一朵玫瑰,是红的"(My love, a rose, is red)中,两种思维方式则都得到表现:"我的爱人"和"一朵玫瑰"是同一的,接着又引申出进一步的含义。把世间万物视为一体的神话思维实现了最基本的同一;而对内在含文的引申则是理性思维的工作,它的结果就是对于基本隐喻的扩展,在这当中,理性思维是附属于神话思维并为它服务的。再看一下另一种变体:"如果我的爱人是一朵玫瑰,那么它是红的"(If my love is a rose, then it is red),"我的爱人是一朵玫瑰"是一个隐喻,但当它作为一个推理前提出现时,隐喻的力量就被抵消了;由于隐喻被置于"如果……就"的关系中,对等关系就被归结为逻辑关系。换句话说,这时,理性思维取得了支配的地位。

唐诗的情况与此基本相同,但不同的是:在汉语中,因果关系并不总是很明确的,在适当的语境中,两个连续的句子之间往往不需要任何明显标志就足以表现某种暗含的关系。在"落花如有意,来去逐船流"(760)中,两句的暗含关系是被"如"标明的,落花首先被假设性地拟人化,于是,便产生了相应的结果。这两句诗实际上是表现了一种祈愿:希望听诗的人能像落花一样与船同行。在另一个例子中,关系就不这样明显了,"春风知别苦,不遣柳条青"(766),诗人把春风拟人化,构成一个隐喻。也许,我们可以把它看作一个暗含了"如果……就"关系的句子——"如果春风知道离别的痛苦,它就不会让柳枝变绿了"。这种关系使每一件事物都合乎理性而隐喻却消失了。然而,分别是不以人的意志为转移的事,在这种情境下所需要的不是合乎理性而是顺乎情理。实际上,我们在这句诗中可以发现一种强烈的愿望:但愿春风知道分别的痛苦,因而别让柳枝变绿。

　　这种语言的多义是思想在深度和广度上多义的表现。一方面,诗人用隐喻语言陈述一件对他说来很简单的事实:春风恰好知道离别之苦并且试图给予帮助,这里,诗人的思维方式是物我同一的,是幻想与真实同一的。所以,在这联诗中,所谓"事实"也就包括了真实与想象中的一切。另一方面,诗人用分析语言表明了蕴含的关系以及由此而来的理性和现实的思考;"如果……就"关系的存在(虽然是暗含的),意味着诗人把假设作为评价事物的前提,因而也就是意识到假设与真实之间的区别。在引申结论时,诗人是依据他得之于真实世界的经验,即只有具备感知能力的生命——人,才能了解和关心离别之苦。然而,更深的含义则在于:当诗人谈到离别之苦时,用的是一种饱经沧桑的语气;但在期待春风也能了解这种痛苦,并把这种期待变为一种愿望时,所用的则是一派纯真的口吻了。因此,代替神话思维那种没有差异的同一世界,呈现于我们面前的世界已被分为两极:一边是清晰冷静的理智,一边则充满了激情与渴望。但是,面对这样的世界,诗人和读者拒绝接受现实,他们仍然希望退回到随心所欲的幻想世界。这就是多义,这种从一种语言向另一种语言微妙转换产生了诗中不同层次的意义,并给诗赋予了张力和深度。

　　上面的结论大都可以应用于下面两个例子。一是孟浩然《宿桐庐江寄广陵旧游》中的尾联:"还将两行泪,遥寄海西头"(439)。这是一个流水对,上下联是由各种句法标志联结的,然而,在这种表现客观世界的分析语言中,诗人仍加入了隐喻的成分:动词"遥寄"使"双行泪"变成一封书信,在这种泪与信的对等中,诗人成功地使人注意到泪不可寄的事实,然而,他似乎明明意识到现实的不可能,却坚持这么做。"陇山鹦鹉能言语,为报家人数寄书"(CTS2106),因为前一句显然是第二句的前提,这联诗所表现的思维方式似乎是分析性的——直到我们意识到即使鹦鹉能说话,它也不知道往何处投递家书时,愿望式思维再次介入理智之中。

(二)引申的隐喻

隐喻语言和分析语言的相互影响可以有两种方式:其一,隐喻以隐含的方式包括在分析语言中,"如果我爱人是一朵玫瑰,那么它是红的"就是例证,对于这种情况,上节已做过较详细的讨论;其二,隐喻占有支配性地位,由于基本的对等关系已由神话思维确立,理性思维的加入只是为了得出进一步的结论,例如"我的爱人,一朵玫瑰,是红的"。这种方式是本文讨论的重点,通过讨论将勾勒出唐诗中引申隐喻的发展轮廓。

杜甫的"山青花欲燃"(766)源于庾信的"山花焰火燃",后者的字面意义是"山花闪耀,火焰燃烧",它意味着"山上的花像闪耀的火焰一样燃烧",读者可以从中引申出更深的含义,即花是红的。杜甫对庾信的诗做了压缩,中间"火"被省略了,然而,"花欲燃"中的"燃"则迫使读者引申出"花比作火"的含义。简言之,一旦基本的对等关系确定,必然会有一些随之而来的结果。

李贺擅长运用这种引申的隐喻,在"羲和敲日玻璃声"(CTS4400)中,中间环节再次省略,太阳像玻璃是由于它明亮耀眼,因此,当驾日的羲和敲打太阳时,它才发出了类似于玻璃的清脆声响;在"银浦流云学水声"(CTS4399)中,"银浦"指的是银河,形容词"流"使"云"与"水"对等,由此引申出进一步的含义:当云彩飘浮时,它们也会像流水一样发出声响。李商隐是李贺的崇拜者,李贺对他的影响也十分明显,在"月浪衡天天宇湿"(CTS6233)中,李商隐使联系月亮与波浪的隐喻引申出这样的结沦:和波浪一样,月亮也能润湿天宇。

从某种意义上说,这些例子显示了一种文学技巧的发展轨迹。然而,更重要的是,它们表现了隐喻是怎样通过压缩与引申发挥作用的:压缩是神话思维的结果,引申是理性思维的产物,而当两者共同发挥作用时,神话思维则占据更为重要的地位。

(三)作为特征的时间与空间

既然分析语言可以介入隐喻之中,那么,相反的情况是否可能呢?在本节的分析中,我们将把时间和空间看作诗歌中的特征,看作隐喻的素材,而在一般情况下,它们是被当成各种分析性关系的框架。

理性思维的特征是把整体解析成部分,并详细阐明各部分之间的各种关系,时空关系就是其中重要的一种,每种语言都有"在……之前"、"在……之后"、"与……同时"、"在……之上"、"在……之下"之类的词。然而,时空也可以被认作无限,认作强化到极致的特征。说"明天是星期四"或"明天我要去纽约",这是把时间确定为精确的单位,或者说是把某一事件置于时空的框架;但是说"明天、明天、明天"则意味着时间上的无穷绵延和一种生存的悲哀。前文的"分手脱相赠,平生一片心"就是类似的例子,在这联诗中,时间被作为一种特征用以形容友情的深厚。我们再来看看李商隐的《嫦娥》:

> 云母屏风烛影深,
> 长河渐落晓星沉。
> 嫦娥应悔偷灵药,
> 碧海青天夜夜心。
>
> (834)

诗的头两句写一个人(也许是诗人的化身)独坐在云母屏风之后,望着沉沉黑夜即将破晓。他为何如此孤独?嫦娥奔月的典故做出了回答:嫦娥偷了丈夫的不死之药,被发现后便逃往月宫,她的越轨行为超出了界限。在这个意义上,嫦娥的故事说明了所有浪漫者的命运:虽然逃上了月宫——不管是为了爱、为了真还是为了美——浪漫者终将发现自己同这个世界隔离了。这种命运被诗的最后一句点明——"碧海青天夜夜心"。

在最后一句中,时空是被当作特征看待的。在一般情况下,特征是由形容词表现的,这些形容词具有两个语法特征:一是位于名词之前,如"好心"、"寒夜";二是有比较级和最高级的形式,并可以用副词修饰,如"较冷"、"最冷"和"非常冷"。按照这两个标准,"夜夜"的表现与形容词非常相似,它位于名词之前,充当它的修饰,它表现了时间上的无限延伸,或者说是对最高级的进一步强化。实际上,"夜夜"的这些特征,也同样表现在"心"前的整个修饰成分"碧海青天夜夜"。最后,"碧海"、"青天"、"夜夜"三个名词都具有广袤和空廓的特征,它们互为隐喻,共同表现了嫦娥的心境。很有反讽意味的是,嫦娥虽然因偷服灵药而长生不死,但她也因此而成为永恒的囚徒。

隋宫
李商隐

紫泉宫殿锁烟霞,
欲取芜城作帝家。
玉玺不缘归日角,
锦帆应是到天涯。
于今腐草无萤火,
终古垂杨有暮鸦。
地下若逢陈后主,
岂宜重问后庭花。

(622)

诗人用一种反讽的口吻,评论了隋朝,尤其是隋炀帝的旧事。炀帝在长安已有了辉煌的宫殿(紫泉宫),其规模之大竟至于"锁烟霞",

但他的贪欲毫无节制,又野心勃勃地御舟远征,想要游历最遥远的国度,并在途中打算把南京(芜城)作为首都。正当炀帝远游的时候,长安陷落了,隋朝也随之覆亡,作为皇权象征的玉玺落入了李渊手中(在诗中用"日角"代指李渊)。炀帝以挥霍无度而著名,据说他的船是以锦为帆的;他令宫人捕捉萤火虫,在他夜出游山时一起放出,光照山谷;他和陈后主一样酷爱歌舞,按照史家正统的解释,他俩丢掉皇位的根本原因都是因为沉湎声色而荒废了国事,诗的最后一联是对这两个皇帝的尖刻批评:"地下若逢陈后主,岂宜重问后庭花"。"后庭花"是陈后主所作的舞曲,据说炀帝曾在梦中与陈后主相见并谈论过此曲。这里,诗人表现了一种想象:如果这两个皇帝能在地下再次相遇,他们会不会重谈这支舞曲?

　　这就是《隋宫》一诗的历史背景和原始材料。现在,我们来看看诗中是怎样处理时空关系的,这种时空关系主要表现在四至六句。"锦帆应是到天涯"展示了一幅锦帆闪烁、向天际延伸的意象,它的含义是:若非隋朝覆亡,炀帝的远游将无止境地延伸下去。这时,空间则成为时间的隐喻,锦帆向天际的无限延伸象征着炀帝的远游和隋朝国祚的绵绵无尽。在五、六两句中,静态名词的意象生动地传达了时光流逝的意义:"于今腐草无萤火,终古垂杨有暮鸦"。在这个场景中,炀帝已经消失了,他当年显赫声势的唯一证据只剩下那没有萤火虫的腐草——萤火虫已被捕捉绝种了——和暮鸦栖息的垂杨古树。值得注意的是,炀帝留下的遗迹都是倏忽即逝的东西:腐草将灭(腐草也被认为是萤火虫的孳生地)、流萤短命,暮鸦也会很快消失在夜幕之中。于是,时间的流逝受到了双重的强调:不仅那显赫的帝王一去不返,连他生前的遗迹也将化为乌有。为了实现这种效果,诗人不仅用"于今"、"终古"等词把事物集中在时间的坐标上,而且给客观事物也染上了"短暂"的色彩,正是通过这些方法,诗人把时间转化为一种特征。

(四)雅各布森理论的重温

"诗的作用是把对等原则从选择过程带入组合过程",雅各布森的这一理论是本文研究的起点。的确,我们一直试图把注意力集中在对等原则上,并用统一的观点考察唐诗中语义、隐喻和典故的表现方式。因此,本文可以看作从肯定或否定的角度,对雅各布森的理论及其所代表的结构主义方法的评论。但是,这种评论是分散在整篇文章中的,把讨论中的各种观点集中起来,作为整个讨论的结束,并从中得出某些尝试性的结论,这种做法应该是合适的。

有三个问题值得特别注意:一、对等原则在诗中的应用范围多大?二、作为分析模式的对等原则之用于近体诗,在什么情况下合适,什么情况下不合适?前一个问题属于文学理论的范围,后一个则涉及到近体诗的特征,但因为它们联系密切,所以我们将把它们放在一起讨论。三、对等原则在诗中的运用,对于了解人类的心理活动方式及人类自身,提供了哪些有益的东西?下面,我们先讨论前两个问题。

一、雅各布森理论的最主要的强调点在诗的音韵学方面。我们已经看到,脚韵、头韵、韵步和诗体都能按照对等原则加以分析。但在语法方面,他的理论则显得不足。当然,在语法对称产生或语义对称加强的问题上,也有一些众所周知的例证,然而,雅各布森同列维-斯特劳斯在他们合作的那篇论述波德莱尔《猫》的文章中,运用对等原则所得出的某些结论几乎令人难以置信。[11]他们在"矛盾性地选择阴性名词作阳性韵脚"这个事实中看到了对诗中"性"含义主题的确认——例如猫和它的变体(巨大的人面狮[12])就都具有雌雄同体的特点。即使不考虑语法中的"性"与生理上的"性"是否有关,我们仍然怀疑"阳性韵脚"这种诗律学中的技巧因素有任何"性"的含义。两位作者还注意到这首十四行诗中的所有语法性主语都是复数。他们进一步指出:Solitudes(法语,"孤独"的复数形式)一词是歧义的,因为"孤独"的意义已由词本身所表达,但同时复数词尾-s却表现出"众多"的含义。这实际上证明了波德莱尔的格言:"众多与孤独:这在灵活而多变的诗人看来,是两个相等的和可以互换的词。"(Multitude, solitude: terms egaux et convertibles par le poète actif et fécond.)但是,如同理法特所指出的那样,某些语法性主语的复数形式是约定俗成,并无实际意义,如 ténèbres(法语,"黑暗"的复数形式)和 funèbres(法语,"葬礼"的复数形式);另一些复数是受自然的支配而不取决于诗人的选择,例

---

[11] 雅各布森和列维-斯特劳斯:《波德莱尔的"猫"》("Les Chats"de Charles Baudelaire),权威的英译本收在理查德和 F. 迪乔治(Fernande DeGeorge)编辑的《从马克思到列维-斯特劳斯的结构主义者》(*The Structuralists from Marx to Lévi-Strauss*,纽约,1972),124—126 页。

[12] 波德莱尔的《猫》中有这样两句:"它们在沉思时的高贵风姿,像陷于孤独的巨大的人面狮。"

如,猫有两只prunelles(法语,"瞳仁"的复数形式)。[13]"孤独"(复数形式)作为"被抛弃的"夸张说法,正是一个习用的套语,它的法语复数形式源于拉丁文,起着一种强调作用。因此,一般的结论是:语法性主语确是以复数形式出现,而且复数与词义可以彼此对等,但这些对于我们理解此诗的意义并无关系。

我们对那些通过精选例证得以补救的特殊理论并无兴趣,而宁愿注意那些具有普遍意义的含义——在上面的两个例子中(阳性/阴性,孤独/众多),讨论的顺序是由语法转向意,也就是说,雅各布森和列维-斯特劳斯没有把语义学当作一门独立学科加以研究,而是通过语法来间接地解释语义现象。我们猜想,这可能是由于他们认为意义就是指称,或者是语法范畴的对应物。我们先前已经指出,意义是由一般类别和特定性质两部分组成。这种观点如被接受,它将为对等原则在诗中的应用提供有力的证明。

在本文第二章第一节中,我们曾引用王维的三联诗句以表明,即使每联诗中用词不同,它们也可以运用相同的语义分类范畴:

1. 明月松间照,清泉石上流。
2. 泉声咽危石,日色冷青松。
3. 绽衣秋日里,沉钵古松间。

所有三联都包含了相同的语义分类范畴:天,地$_1$(石),地$_2$(水)和

---

[13] 理法特(Michael Riffaterre),《描述的诗性结构》("Describing Poetic Structures"),载雅克·埃尔曼(Jacques Ehrman)编《结构主义》(*Structuralism*,纽约,1970),199页。

植物。由此,我们可以得出结论:近体诗中的名词不仅可以指称具体对象,也能代表这些对象分别所属类别,因此,它们能够立刻产生两层意义。

王维这三联诗也为结构主义提供了明确的解释,对于这种结构主义,理法特曾有这样的定义:

> 结构是一个由几个成分构成的体系,改变其中的任何一个成分都必然要对其他成分产生影响,这个体系就是数学家们所说的不变量(invariant);体系内部的转变会产生一组同一形态的模式(即机械的互变形式)或变体。当然,所谓不变量是一种抽象的说法,它是说变形后仍能保持结构的完整,因此,我们只有通过各种变体才能认识结构。我们同意列维-斯特劳斯的观点:诗在其本身包含了自己的诸种变体,这些变体在不同的语言层次上呈纵向的排列。[14]

在上面的例子中,就有一个不变结构,一个由四个语义类别组成的抽象对句:天、地$_1$、地$_2$、植物。这个抽象结构是通过三个相互对等的对句才被意识到的。我们应该注意:这种分析之所以成为可能,是由于作为一个既定传统,语义类别为中国诗的词汇提供了一种西方诗所缺少的组织结构;而汉语中没有诸如阳性/阴性、单数/复数的词尾形态,则使它免去了一种不必要的含混。

不但把意义作为一种指称对象,而且把它当作一种性质特征,这是贯穿于本文和上文的一个主题。在上文中,我们曾表明,由于

---

[14] 理法特,《描述的诗性结构》,载《结构主义》,190页。

几个因素的结合,近体诗中的名词强烈地倾向于表现感性特征。在本文的第二章第六节中,我们进一步指出:在某些诗中,所有的名词通过它们的相同性质而彼此对等,从而产生出字面之外的意义。李白的《玉阶怨》就是一个典型的例子。这种分析模式同样可以用于别的诗作。

至此,我们已考察了对等原则的运用范围。在某种意义上,"范围"指的是语言的不同构成部分——声韵、语法、语义等。我们的总体结论是:对等原则在说明诗的音韵方面是很有效的,而在意义领域的应用就不一致了。如果雅各布森和列维-斯特劳斯对《猫》的分析是结构主义的较好范例,那么我们应当说,这种结果是相当偶然的,因为它把注意力仅仅集中在语法意义和指称对象意义的对等原则上。但是,对于近体诗来说,对等原则就十分有效,尽管这种原则最初是以西方诗歌为基础提出的。这是因为唐诗中存在着语义类别,而且诗中的名词部分具有表现性质的强烈倾向。

二、当我们分析一首诗时,什么是适当的外延限度呢?我们探讨范围又有多大呢?这是"范围"一词的另一种意义所提出的问题。和一般的新批评家或结构主义语言学家一样,雅各布森把他全部的注意力都集中在诗的"文本"(text)上,这从他的批评实践中可以得到清楚的证明,例如他对波德莱尔的《猫》和莎士比亚十四行诗《灵魂的代价》所做的分析。[15]"诗的作用是把对等原则从选择过程带入组合过程",从这段表述中,可以推出雅各布森对"范

---

[15] 雅各布森和劳伦斯·G. 琼斯(Lawrence G. Jones),《从"灵魂的代价"看莎士比亚的语言艺术》(Shakespeare's Verbal Art in "Th' Expence of spirit",海牙,1970)。

围"的态度:当对等原则被"诗的作用"带入组合过程中时,它只能在组合的范围内活动,也就是说,它被局限在作者实际所说或所写内容的范围之中。

在这一点上,我们与雅各布森有严重的分歧。如果把探讨范围仅仅限定于文本,那么至少有两种对近体诗非常重要的现象将无法解释。第一是个别词与它所属语义类别的关系。出现在诗中的,是个别词,而语义类别只能通过这些个别词反映出来;一个对句也是与具有相同不变结构的其他对句相联系的,前面举的王维的三联诗,就是很好的例证。第二是隐含的隐喻和典故的频繁出现。我们应该记得,隐喻和典故都是由两个根据对等原则联系的成分所组成,但在隐含的情况下,只有一个成分得以表现,另一个则仅能通过暗示予以传达。尽管如此,一个具有和作者同一文化传统的读者却能清楚地领会这种隐含的对比。因此,如果把对等关系扩大到诗以外的范围,我们就从文本发展到了背景,随之而来的,便是对新批评派和结构主义语言学家基本观点的摒弃。

然而,对于结构主义和新批评来说,有一种现成的改进方法值得考虑。索绪尔的理论体系是以言语和语言这两根支柱为依托的。按照雅各布森的观点,我们曾试图把对等原则的应用限制在言语范围内,即限制在一首诗的实际文本的范围内,但是,我们不断地发现自己每每不得不超出这种限制。现在,新批评家们时常强调传统的重要性,T. S. 艾略特在《传统与个人天才》中[16],诺思罗普·弗莱在《批评之路》中,都曾提出这种观点。"传统"的定义不是三言两语所能说清楚的,但下面这种表述也许稍有用处:传统

---

[16] T. S. 艾略特《论文选》(*Selectecl Essays*,纽约,1950),3—11页。

是历代积累的知识整体,它是诗人在创作过程中汲取养料的宝藏,也是读者欣赏和理解诗所必须掌握的内容。因此,传统既置身于具体作品之外,但又与它密切相关,就像语言是言语的仓库一样,诗的传统也是个别诗作的源泉和矿藏。我们认为,把"传统"这一概念引入结构主义的理论,似乎是对它进行扬长避短地改造的最好方法。

三、现在,我们应该讨论一下雅各布森暗含的主张:诗性语言是由对等原则单独构成的,"诗的作用是把对等原则从选择过程带入组合过程"。首先,我们承认:作为诗歌的重要类型之一,抒情诗是符合雅各布森这种观点的,抒情诗是诗人抒发胸臆、吐露真情的短诗。因为诗体短小,诗人必须凭借间接手段来表达那些不能详陈的感情。因此,正是在五绝——近体诗的最短诗体——中,我们发现了通过对等原则进行组织、传达的极好例证。的确,如果仅就抒情诗而言,雅各布森的上述理论是正确的。

但是,抒情诗不能代表所有的诗,隐喻语言也不是所有诗歌的特征。在上文中,我们曾表明:隐喻语言和分析语言——也称为意象语言和推论语言——在分布和功能方面是互补的。这里,我们将进一步指出:这两种语言也可以结合起来或者互相渗透到对方的领域之中。前面已经举过三种例子:在某些情况下,蕴含的关系抵消了隐喻并进而取得了支配的地位;在另一些情况中,神话思维首先奠定了基本的对等,然后由理性思维从隐喻引申出逻辑结论;最后,还有一些例子把通常当作分析关系框架的时间与空间作为事物的特征,作为短暂或永恒的意象加以对待。

我们与雅各布森的根本分歧可以归纳如下:在雅各布森看来,诗的功能取消了普通语言的各种关系而代之以另一套关系。在普通语言中,对等原则是在选择的过程中,把言语中的词语同语言中的词语联系起来,当对等原则运用于组合过程时,这些联系就被取消或降到次要的地位。再者,在普通语言中,相邻的成分是由语法结构在组合过程中联系起来的,而在诗性语言中,这种联系则是由对等原则承担的。以上是我们对于雅各布森观点的理解。也许,我们误解了他的意思,但是,把诗性语言看作与普通语言有本质的区别,这是一种很普遍的观点,所以,我们应该考虑的是问题的实质,而不必计较什么是雅各布森已经说的,什么是他可能说的。

我们认为存在着两种诗性语言,即隐喻语言和分析语言。这两种语言的划分界线并不同于诗性语言与普通语言的划分界线,两者常常互相交错,日常语言中有许多诗的成分,反过来也是一样。隐喻语言和分析语言最好被看作是一种抽象——前者由对等原则构成,后者则由逻辑关系或语法关系构成。普通语言和诗性语言的区别仅仅是程度上的差异,而不是类的不同,普通语言中较多分析关系,而诗性语言中则较多隐喻关系。

在语言的各个层次中都有张力的存在。根据定义,对等原则是通过相似和相反来连接两个成分的。前面,我们曾生造了一个术语"隐喻关系"以代替通常所说的"隐喻",因为后者在一般的用法中倾向于强调相似的一面。在讨论典故时,我们也促请读者注意它的两种分类——肯定性典故和否定性典故,虽然两者都有相似和相反的表现。当我们谈到两种诗性语言时,同样的张力会以更大的规模显示出来。分析关系作用于普通语言,也同样作用于诗性语言,唯一的区别是,在诗性语言中,分析关系必须同与之性质相反的隐喻关系相互合作又相互竞争。在普通语言中,对等原则是使语链内的成分与语链外的成分相连,在诗性语言中也是如此。不过,对等原则还有两个作用:其一,正如雅各布森所指出的,它使一首诗中不相邻的成分互相联系;其二,因为一首诗不仅是一条语链,从某种意义上说,它也根植于某种文学传统——诗作的矿藏和源泉,所以,对等原则还可以使一首特定的诗与同一传统中的其他诗相联系。

诗包括了隐喻和分析这两种语言形态,这意味着诗是分裂的自我所发出的声音:神话思维以天真无邪的语气说话,理性思维用世故老成的口吻说话。在上文中,我们已对这个命题勾勒了大致的轮廓,现在,我们为它找出新的论证。我们看到:唐代诗人把隐喻置于"如果……就"的逻辑关系中,使它染上了理性的色彩。有时,虽然前提令人难以置信,但诗人却从中清楚地引申出合乎逻辑的结论,"还将两行泪,遥寄海头西"和"陇山鹦鹉能言语,为报家人数寄书"就是很好的例证。时空概念也参与到这种弥漫的歧义之中,它有时作为体现事物活动的框架,有时作为特征对占据时空的物体进行渲染。

隐喻和典故的不同,部分可以归结为天真烂漫与饱经沧桑之间的差异。隐喻和隐喻关系把各种特征结合起来,并由此使它们得到强化。对于儿童和神秘主义者来说,所有的事物都互相对等并和"一"对等[17],他们的理想是纯洁的、强烈的,同时也是一种

---

[17] 这句话可与诺思罗普·弗莱的论述相比较:"诗中的概念因素也是它的一部分内容,逻辑思维或多或少类似于组成诗体结构的另一种思维,这种诗性思维的单位是隐喻,从本质上说,隐喻是非逻辑性的,把两种以上不同的事物等同起来,这是只有疯子、情人、诗人才会做的事——或者还可以加上原始人。"见《两个世纪之后的黑色》(*Black After Two Centuries*),此文收在《同一性的寓言》(*Fables of Identity*,纽约,1963),141页。

感官愉悦,他们的意识中没有道德观念。在文学作品中,与这种心境最相似的无过于抒情诗所展示的境界了。在抒情诗中,对等原则所体现的物我同一起着绝对的支配作用。而典故则是在另一个平面上发挥作用。没有经验就没有历史,没有历史也就没有典故。典故主要涉及人的道德行为,而隐喻所表现的主要是感性特征,把历史看作原型的再现,这就是把现在与过去联系起来并放弃了此时此地的直接性,也就是为世故而放弃纯真。

于是,我们就已经回答了本节开头提出的第三个问题:对等原则在诗中的运用,对于了解人类的心理活动方式及人类自身,究竟提供了什么?运用对等原则的抒情诗代表了向天真、纯洁、和谐的复归,即使我们已明明知道世界是分裂的,我们仍然不时地渴望回到那个万物合一的理想世界,它曾是人类儿童时期的唯一世界。然而,只要诗的种类不止抒情诗一种,并且运用了诸如引申的隐喻和典故等方法,诗就也要用分裂的自我的声音来说话。

(五)方法论总评

最后,我们应对雅各布森所提出的对等关系理论的贡献作出估价,并指出进一步研究的途径。现在,最根本的问题是:结构主义仅仅是一时风尚还是对阐释语言学与诗学的关系确有一些不可磨灭的价值?

在《批评之路》中,诺思罗普·弗莱问道:文学批评究竟属于什么样的研究?他提出了两种选择:一是对于所有艺术的统一性批评,这种批评现在尚不(而且仍将不会)存在;二是针对语言艺术的研究,这是一种尚待确定的研究。总体上,我们是选择第二条道路。从亚里士多德以来,一直存在着一种历史悠久的、贵族化的批评传统,它建立在诗是一门语言艺术——卓越地运用语言——这种基本理解之上。20世纪以后,结构主义语言学和它的后继者得到了迅猛的发展,同时,哲学也转向语言学,作为这个广阔的文化运动的一部分,语言学批评成为诗歌研究的一个主要方法。

如果一个批评家从语言学角度分析诗歌,那他该做些什么呢?他可以把某种特定语言中的现象与用这种语言写作的诗所具有的特征联系起来加以考察,这正是我们所做的,也可以致力于近体诗与西方诗的比较研究(comparative study)。一般说来,当一种语言是另一种语言发展的后期形态,或两种语言出自共同的源头时,我们常用历史的方法或比较的方法进行研究,其目的在于重现原始的语言,或者根据一系列规则从它的早期形态推衍出晚期形态。如果两种语言没有联系,一种称之为"对比研究"(contrastive study)的方法可以使它们发生关系,这种研究以类型划分作为它的主要目标。同样,如果两种文学具有历史联系,我们就可以进行比较研究,以追踪文学的影响或揭示同一文化传统在不同环境中的嬗变;如果两种文学没有联系,像中国诗和英文诗,那么,使两者结合在一起的研究应有不同的目的和不同的名称,"对比研究"看来是最合适的选择了。(考虑到本文的宗旨,我们忽略了中国诗歌对意象主义微不足道的影响。)

什么是对比研究的目的呢?当我们比较两个事物时,会注意到许多不同,当这许多不同被减少到少数关键区别时,或者当两种语言的根本差异是两种相关文学分歧的根源时,这就是研究的进展,也正是我们所努力的目标。在上文中,我们已指出,由于近体诗语言缺少定冠词和指示性形容词,使得名词倾向于表现特征而不是对象本身;而英语中则有"the"、"that"和关系从句,因此它很容易在名词前罗列许多细节。正因为缺少这些因素,才能解释为什么"指示式"(Pointing Formula)在近体诗中不能作为隐喻构成手段,才能解释为什么简单替换是一个暗含的隐喻。类似的例子还可以举出很多。然而,必须注意的是,我们最关心的是汉语与中国诗的关系,提出英语只是为了作为对照。我们的观点可以这样概括:语言 A 有特点 X,其诗歌特点是 X′;语言 B 没有特点 X,它的诗歌也没有特点 X′。因此,在语言 A 和与之联系的诗歌中,特点 X 应是 X′的源泉。我们只是对汉语感兴趣,它就是语言 A,要指出它和近体诗的关系,则必须引入英语和英语诗。当然,任何其他的欧洲语言和文学也可以起到同样的作用。

布鲁克-罗斯的著作中的研究方法和我们很相似,虽然它命名为《隐喻句法》(*A Grammar of Metaphor*)。这本书在联系英语的语言特点和英文诗的各种隐喻方面是很成功的。在她的著作与我们的文章中,英语和汉语的语言特点是主要论点的基础。

然而,另一些语言学批评家则注重那些作用于所有语言的原则,而不是这种或那种语言的具体特点。这里就体现出雅各布森的开拓性工作所具有的深远意义。它的基本假设是:诗是语言的特殊表现,诗的普遍原则应当根植于语言之中;反过来,如果一种原则对语言来说是基础性的,那它必然会反映在诗中,或者表现在整首诗中,或者表现在诗中某个特定领域。选择和组合是语言构成的两种基本方式,所以,潜存于选择的对等原则应该作用于诗的所有层次。

这些都是一般性的考虑,在本文的论述中,我们从近体诗引用了许多具体例证以表明对等原则是如何解释新意和歧义的出现,以及隐喻和典故如何被看做对等关系。对于中国诗的许多形式来说,对句是一种重要的结构单位,它要求语义和句法的对等,在适当的时候,当我们把研究重点转向对句时,对等原则会再次成为我们分析的中心。

无论是从一般意义还是从特殊意义上着眼,雅各布森为语言学批评开辟了新的道路,这一点是十分明确的。毫无疑问,他的理论的某些细节是需要修正的,对此,我们也曾提过几点建议,但是,除非我们在诗歌研究中放弃语言学的方法,否则,我们就有充分的理由相信,雅各布森关于语言学和诗学的理论是经得起考验的。

现在,又提出了一个新的问题:语言中是否还有其他类似于对等原则这样重要的原则?如果有,它在诗中的表现形式是什么?句法是在组合的过程中构成的,而且通过相邻关系起作用,相距较近的成分互相结合先构成一些集合单位,相距较远的成分随后也加入这种组合。这里,"相邻"作为另一原则,它对诗学的意义值得充分注意。

在修辞学中,至少有两个术语是以"连续"或"相邻"为基础的:一是"举隅法",这是以部分代全体、或以全体代部分的修辞手法;另一是"换喻法",这是一种用一个名词代替另一个附属于它或与它相关的名词的修辞手法。这些,雅各布森在《语言学和诗学》中已经讨论过了。费诺罗萨偏爱有力的动词,因为他认为这种动词反映出自然界力的转移,即相邻的两个物体间实际的动态联系。当中国的传统批评家谈到"诗眼"时,他们所想要表达的是同一件事(见《唐诗的句法、用字与意象》第三部分第五节)。这里就提出了一个带普遍性的问题:如果诗是摹仿,那么它应该摹仿自然界静态和动态的连续性,再现力的意义。诗将如何实现这个目标呢?问题的答案将有待进一步的研究。

跋

梅祖麟

纽约"中国风"书店负责人高中打电话来说:高友工《论集》的外编《唐诗三论》将要出版,希望我再写一篇序。[1]《唐诗三论》是高友工和我六七十年代合写的几篇文章,原文是英文。除了《秋兴》那篇以外,其他两篇高梅合作的文章是高先写中文稿,梅再按中文稿用英文转述。最初在《哈佛亚洲研究学报》1968年第28期,1971年第31期,1978年第38期发表。同时由黄宣范译成中文,登在台湾大学外文系编辑的《中外文学》。1989年中国大陆重译以《唐诗的魅力》之名单行。

我听了电话有点踌躇。一则是我不便攻讦高梅的文章,也不便赞赏高梅的文章("老王卖瓜,自卖自夸")。友工早就看到其中的陷阱,把写序的事推得一干二净。二则是我写英文稿时,往往抓不住友工的思路,自己也不知道是否充分表达了中文稿的精彩论说。三是怕重读少年之作,会觉得没有再版的价值。

幸亏我重读旧作,觉得这三篇都差强人意。而且细读《美典:

---

[1] 《论集》指《美典:中国文学研究论集》,外编即本书。数年前三联书店拟请人重译高友工、梅祖麟合著的三篇唐诗论文,梅祖麟特撰序言,现作为跋附于书末。——编者注

中国文学研究论集》大有好处。第一,这本书"律体诗:抒情诗之一典"(85页以下)、"律诗美典"(122页以下)两节,友工用自己的话阐明他一贯的主张,而且用《文心雕龙》的"神思"和"情文"来描写诗人的创造过程。读者读了高梅1971年、1978年两篇论文,再读这两节就可以把《论集》和本书联系起来。

第二,《论集》125页以下谈到《文镜秘府论》的"定位"、"入作"、"落句"。"入作"、"落句"讲的是律诗四联中的首联和尾联。"定位"一部分讲的是律诗中平仄相辅的图案。寥寥数语就把近体诗诗律中几个最重要的概念用九世纪《文镜秘府论》中的名词做了解释。

第三,读《论集》高友工的"序"发现友工1947—1948年在北大上过周祖谟先生声韵学的课。这可妙了,友工和我交往半个世纪有余,他从来没说过他的名师中有周祖谟先生。

1967—1968年我到普林斯顿大学汉语语言学研究中心去做一年的访问学者,记得有一天在友工办公室的书架上看到两套周祖谟的《问学集》,就硬要了一套据为己有。以后读《问学集》中《关于唐代方言中四声读法的一些资料》一文,才知道日本新修《大藏经》内沙门安然的《悉昙藏》(公元880年)卷五中保存着唐代四声读法的资料。据此写成《中古汉语的声调与上声的起源》,登在《哈佛亚洲研究学报》1970年第30期。1983年春季我在北大客座,就带了文章的中译本到中关村去向周祖谟先生请益。周先生听我说我是董同龢先生的学生非常高兴,还告诉我1936年在南京历史语言研究所的宿舍两人各自坐在床上畅谈,论反音韵。四月周祖谟先生开课讲清代的说文学,我带了学生去听。这样语文学大家炉火纯青的讲述以后恐怕听不到了。

我在北大听周祖谟课的事从来没跟友工说过。他1946—1947在北大上过周祖谟的音韵学,这件事我是今年看了他的序才知道。不少人会说,你们两个也是够糊涂的。我举双手表示赞成。回想我第一次写关于唐诗的文章(《文法与诗中的模棱》,1968)就是先有了结论再写信向友工索唐诗的例。职是之故,我想借写序的机会来继续我们四十年来的笔谈。

我们写完《杜甫的〈秋兴〉:语言学批评的尝试》(1968),想给唐代律诗的语言作个全面的分析,于是面临若干问题。

(1)《秋兴》此文标榜是以语言为中心的文学批评,而且还引用了当时流行的两种语法理论,走下一步以前需要说明:应该怎样描写唐诗的语言?这个问题比较容易回答:我们用的是语言学中的结构主义,后来添入语言学大家雅各布森(Roman Jakobson)的"对等原则"(principle of equivalence)和"延续关系"(principle of continuity),可以算是广义的结构主义。

(2)此文用的是"新批评"。"新批评"是汉文学理论的文学批评。现在我们想研究唐代近体诗,需要对某些理论性的问题表示我们的立场。我们在写于1971年的《唐诗的句法、用字与意象》中提出两点:(i)弗莱(Northrop Frye)认为同一类型的文学作品之间有重要的共同结构原则。据此,唐代律体诗以及它的前身——六朝的永明体、齐梁体——有重要的共同结构。后来友工又说明"律诗"的"律"是把抒情诗的美典结构化。(ii)唐诗的语言是多元的,其中有推论语言(propositional language)、意象语言(imagistic language),它们在诗歌里的功用也迥然不同。

那么高梅所写的唐诗批评与中国传统的文学批评是怎样的关

系？我们一开始合作，友工就教我去读周振甫《诗词例话》、《诗境浅说》、《读诗偶得》，高步瀛《唐宋诗举要》等入门书，我们文章里举的例来自《唐宋诗举要》，解析往往是活用前人的诗话、词话。高梅1978年文章论及《文心雕龙》和抒情诗体类之间的关系，友工和我都分别论及《文镜秘府论》与律诗之形成之间的关系。我们一开始都是以英美六七十年代的语言哲学和文学批评为起点，然后一步一步地走回中国传统的诗论。友工走在前面，我使劲在后面跟，跟得太吃力，也会暂时脱队。

上面所说的第二点弗莱的文类(genre)论和语言的多元性都是友工的主意，而且是他文学理论的核心部分。懂得维特根斯坦(Ludwig Wittgenstein)哲学以及分析哲学的也许会觉得高梅1971年文章里面的"语言多元论"不可能成立，另外有些同行也许会觉得"语言多元论"显而另见，不懂高梅1971年论文为什么会把这种简单的道理写得那么啰嗦。下面会再讨论第二点，主要是想说明当时维特根斯坦哲学当道，西洋传统哲学破产，美学也破产，所以友工的文学理论不得不辩，而高梅之辩有点像庄惠濠上之辩。

一、结构主义

1964年我到哈佛去教书。友工在普林斯顿大学执教，夏天也常到剑桥来住。我们第一个合作计划是写一部《孟子语法》。在我的办公室的大书桌上摊开哈佛燕京学社的《孟子引得》，两个人都在做卡片。友工和我都是读书不做卡片的，但是那年还是做了半个夏天的卡片。为什么肯做？因为我们相信语言学中的结构主义。

董同龢的《汉语音韵学》是结构主义的声韵学。高友工和我都教过赵元任的《国语入门》,此书的现代汉语语法是典型结构主义的语法。我在耶鲁上布洛克老师(Bernard Bloch)语言学的课,学的也是结构主义。美国结构主义的创始人里面有赵元任、李才桂。他们两位在三四十年代同时在中国、美国两地创立结构主义这种研究语言的方法,在历史语言研究所扎下根,以致他们的徒子徒孙都是走结构主义这条路。

中国传统的声韵学也有强烈的结构意识。比方说,《韵镜》、《切韵指掌图》等唐宋时代的等韵图用方阵表明声母和韵母的搭配关系,以后董同龢《上右音韵表稿》,赵元任设计的《方言调查字表》都走这条路。唯一不同之点在于传统的等韵图没有现代的对比(contrast, opposition)、分布互补(complementary distribution)等概念。

我们老师教的是结构主义的语言学,友工和我合写文章当然也用结构主义的语言学。其间也试用乔姆斯基(Noam Chomsky)的变换语法,但是不久放弃。1960年语言学大师雅各布森提出语言由两种结构原则组成:"选词择字"(selection)过程用对等原则,"连语成句"(combination)的过程用延续关系(principle of continuity)(《论集》40页以下,60页以下)。高梅1971年论文指出意象语言由对等原则组成,论断语言由延续关系组成,高梅1978年论文又用对等原则解释隐喻,对仗、用典。唐代的律诗八句四联,中联需要对仗,整首诗形成起、承、转、合的篇章,天生就适合用结构主义的语言学和诗学去分析。

不过我所学的耶鲁学派结构主义也有本身的缺陷:语音、语法是可以研究的,语意是不可以研究的。十九世纪印欧比较语言学兴起,格林(J. Grimm)、拉斯克(Rasmus Rask)、维尔纳(Karl Verner)等发现音韵演变有规则可循,而且"语音演变没有例外,凡例外必有另一规则存焉"。"格林定律"、"维尔纳定律"可以与牛顿三大定律媲美。语言学的目的是用科学方法寻找音韵规律、语法规律。语意没有规则可寻,至少布卢姆菲尔德(L. Bloomfield)、布洛克等耶鲁学派的创始人认为我们还没找到研究语意的诀窍,所以科学的语意学只好暂时不谈。

英美语言学六七十年代的发展是走向语用学(pragmatics)语意学(semantics),而语言在语用中自然会发展出来多层意义,包括隐喻、转喻(metonym)等等。我们写《唐诗的句法、用字与意象》、《唐诗的语义、隐喻和典故》时还没有赶上语言学的新潮流,但是1971年这篇文章里的"语言多元论",1978年文章里所讲的对等原则在律诗可以产生更上一层的意义,这些都是友工的卓见,已经走出耶鲁学派结构主义的樊篱。

同样的,"新批评"只谈诗中字句之间的关系,不谈作家和作品之间的关系。跟结构主义一样,这种严谨的学风是把诗歌"物体化"了。创作的成品是可以分析的,但是讳言创作过程和作家的文心。

我和友工合写《唐诗的句法、用字与意象》,就感觉到他问的问题与众不同,回答的方式也与众不同。例如"动词与动态意象"那节指出,易经的"生生不息"反映在谢灵运"池塘生春草,园柳变鸣禽",以致这两句能传诵多时,成为千古名句。还有杜甫《旅夜书怀》,"细草微风岸,危樯独夜舟。星垂平野阔,月涌大江流",次联宇宙强力的动态意象借着月涌江流的脉动姿态表现出无穷的劲力。王安石的名句"春风又绿江南岸"正是用"主—动—宾"的结构来表示力的转移,而"绿"又把生生不息的动力意象化。

友工问的问题有些是意象派（imagist）诗人问过的。动词在诗里有什么功用？写诗能不能取消动词而只用名词？友工的回答是独特的，富有哲学意味的。传统的诗话里有这样的解释，"新批评"没有，西方的汉学家也罕见。《旅夜书怀》的后两联是"名岂文章著，官应老病休。飘飘何所似，天地一沙鸥"。诗人（抒情诗的自我）以转喻的姿态出现于第三联，而在尾联反思自己当时的处境。作者在作品中出现，使读者和批评家不得不考虑作家和作品之间的关系。

以上是说高梅1971年、1978年为了写唐诗评析，碰到一些理论性的问题，其中最重要的是当时维特根斯坦那派分析哲学对传统形而上学、美学的挑战。简单地说，维特根斯坦认为人与人之间的对话都是语言游戏，但是不同的语言游戏有不同的游戏规则。传统的哲学误用规则，张冠李戴，结果堕入陷阱，不能自拔。再发展下去就是近年来所说的（西洋）哲学破产，哲学的结束。美学池鱼遭殃，也被宣告破产。有志于文学理论的必须提出一套与维特根斯坦相反的道理，为诗歌辩护，为美典辩护。

那时我的处境非常尴尬。我在研究院主修数学和哲学，深受维特根斯坦的影响，同时也学了耶鲁学派结构主义的语言学。正是因为我觉得哲学不可为，改治历史语言学，同时也跟友工合写唐诗批评，于是就碰上文学理论中的几个基本问题，而这些问题正是我要避开的语言哲学的问题。七十年代如果问我"文学理论讲什么"，"文学理论是否可能"，我大概会回答"不知道"。下一节主要是讲今是昔非，也就是说我认为友工的文学理论颇有道理，堪为高梅唐代律诗研究的理论基础。

二、分析哲学的挑战

《论集》13 页高友工写道：

> 庄惠濠上之辩是有一个共同承认的命题，即是他们相信"经验之知"。但对于如何了解这个"知"却有很大的歧见。惠子明白以"分析之知"不能了解"经验之知"，因此认为经验之知没有传达的可能。庄子分辨两种知的阶层不同，而以想象活动的"同一原则"体会到"鱼之乐"，他"在濠上"这一事实已足够说明他能"知鱼之乐"。至于这个"知"是由于"我"见"鱼"而乐，抑或是由于"我"之乐而及于"鱼"之乐，则是无须决定的了。正因为这种"同一关系"所求为"同一"，是"情境"相通还是"物我"相通则是次要问题。有了这种"同一"关系，人才能从怀疑论中自拔，而在"经验之知"的一层次上交通。

《庄子·秋水》的原文如下：

> 庄子与惠子游于濠梁之上。庄子曰："鯈鱼出游从容，是鱼之乐也。"惠子曰："子非鱼，安知鱼之乐？"庄子曰："子非我，安知我不知鱼之乐？"惠子曰："我非子，固不知子矣；子固非鱼也，子之不知鱼之乐，全矣。"庄子曰："请循其本。子曰'汝安知鱼乐'云者，既已知吾知之而问我，我知之濠上也。"

庄惠濠上之辩是有一个共同承认的命题，即是他们都相信"经验之知"，他们都相信鱼游之乐。庄子在濠上而知鱼之乐，惠子在濠上也知鱼之乐。我曾经写道："高友工碰到一首好诗，一场芭蕾舞,一场话剧,可以如痴如醉,讲起他的文学理论,也可以手舞足蹈,我则是无动于衷。"这是不完全的说法。经过友工多年的熏陶,我看《天鹅湖》芭蕾舞会失声叫好,读杜甫《秋兴》《江汉》《旅夜书怀》也会感触良多。人固然有上智下愚之别,但他们都有"同一"的美感经验。诉诸美感经验是文学理论的第一义。

笛卡尔"我思维,故我存在"一般认为是近代哲学的开始。启蒙时代打倒一切,怀疑一切。笛卡尔是位卓越的数学家,解析几何是他发明的。他的"怀疑论"呼吁要从头来起。什么是不可以怀疑的?做数学时的纯理性活动。他反省的对象是纯粹思维,当然不能导出其他各种经验,如外在世界的存在,手舞足蹈的美感经验。维特根斯坦是位卓越的数理逻辑学家。他认为一切正当的语言活动都可以转换为数理逻辑的公式,不能如此转换的只好缄口不言。同样的,维特根斯坦的出发点只有思维(逻辑化的思维),没有经验。所以在分析哲学的挑战下,美学、形而上学都黯然失色。

《论集》12页还有一段精彩的论述。

> 语言既用语汇,就先天地决定了这种种现象必须分割,但在"还以整体"的过程中经验有两个定轴仍能把支离破碎的观念重新统一起来,这是在主观的时空轴上的两个定点,即是"自我"(self)和"现在"(present),经验世界本来是从这"自我"和"现在"这两个定点而生。因为在综合的心理活动里,一切经验都是经过"自我""现在"这两个焦点过滤,正如透过三棱镜的光;即使是他人的经验,过去未来的现象;想象也都变之为此人此时的经验。这种经验可以说是主观的(subjectivity)即时的(immediacy)。

跋／梅祖麟

这段阐明《论集》"律体诗：抒情诗之一典"那节的论旨。以《旅夜书怀》为例，第一、二两联说明此时是夜，此地是江边。第三联"名岂文章著，官应老病休"，诗人的"自我"露面。此时诗人不啻在说"我作诗，故我存在"，但"官应老病休"又提醒自己，到底是血肉之躯，也有老病休官的一天。尾联把抒情自我集中在"飘飘何所以，天地一沙鸥"这个意象中。杜甫律体诗中还有类似的"情境""物境"，如《秋兴》末首末联"彩笔昔曾干气象，白头含望苦低垂"，《江汉》的首联和尾联"江汉思归客，乾坤一腐儒"，"古来存老马，不必取长途"。还有借古喻今的名联"庾信平生最萧瑟，暮年诗赋动江关"，更是把他人的经验，过去未来的现象都变之为此人此时的经验。

《论集》128页有一段讲"景"、"境"之别。

在律诗中"景"必须化为"境"，"境"固是中国固有的词，但这时受佛教的影响，"境"已用作专指内心的景象。王昌龄《诗格》虽可能是伪书，但确为《秘府》所引，故是律诗盛行时代的作品无疑。其中说道："诗有三境，一曰物境，二曰情境，三曰意境。"而"物境"虽然外观山水，但仍须"神之于心，处身于境，视境于心，莹然掌中，然后用思，了然境象，故得形似"。这可以明白看出"思"在这三"境"中的关键地位，"境"是以"思"才能内化于心中。

按照康德《纯粹理性批判》的看法，以物观物是不可能的，我们对外在世界的知识，都是认识心（"自我"）综合理性和印象的结果，所以不是独立存在的"景"，而是渗入认识心的"境"。比方说，康奈尔大学亚洲学系的大本营设在洛克菲勒大楼。要弄清楚这个楼的格局需要在楼外四周走一遍，再进入此楼后四层以及地下层各走一遍，还有各层之间各有两个楼梯，两个电梯连接，东西南北各有出口,但朝西正门的两个出口在一楼,其他的出口在地下层。一边走一边看约莫半个小时就可以得到这些片断的印象(景),但是综合起来的立体结构(境)有里有外,有上有下,没有时间的先后。可见是同一的"思"的产物。至于事物本身(ding an sich)是什么样子则是无法回答。

康德是优秀的数学家、物理学家,深知近代科学来之不易。行星以椭圆形的轨道绕着太阳运行是开普勒推算出来的,因而推翻了"地球中心说"。苹果以垂直线堕地,枪弹炮弹以抛物线堕地,都是肉眼可以观察到的。牛顿认为这三种轨迹都是由于万有引力(因而把天上带到人间)而且可以用他发明的微积分计算。怪不得康德要说近代科学的宇宙观(境)是理性(数学)和经验(景)合作的产品。康德哲学是唯心论(idealism),着重理性的创造力,但这是批判性的唯心论(critical idealism)。康德转世也许会说,科学家以认识心观景,仁人志士以道德心(良知)观景(孺子将入于井),诗人画家以艺术心(文心)观景。

三、从《文心雕龙》到《文镜秘府论》

"请循其本"还有一个意思,就是向历时的方向走。

友工和我合写文章,就不时听朋友说,你们搞的是野狐禅。你们的唐诗批评虽然蛮有意思,但完全是你们杜撰的,你们的文学理论充其量只不过是一家之言。

友工和我也常常讨论类似的问题。《唐诗的句法、用字与意象》以李白《宫中行乐词》"柳色黄金嫩,梨花白雪香"为例,指出唐诗常用"黄金"、"白雪"、"明月"、"白露"、"长河"、"绿水"、"弯弓"等由"形容词+名词"组成的复合词。金子总是黄的,雪总是白的,弓总是弯的,"黄金"、"白雪"、"弯弓"岂不是陈词滥调?为什么要用?我们认为用了可以突出单纯意象的物性倾向。记得有一次讨论李白《秋登宣城谢朓北楼》的次联"两水夹明镜,双桥落彩虹",友工指出《唐宋诗举要》的注里引王褒《玄圃浚池诗》"石壁如明镜,飞桥类饮虹"。李白把"饮虹"改为"彩虹",结果对仗工整,而且"彩虹"突出虹之五色缤纷,与"明镜"之"明"相映成趣。而且"黄金"是"平平","白雪"是"仄仄",出现在三四位正好符合声律的要求。

1971年这篇论文里曾经讨论唐诗写景的名联"地卑荒野大,天远暮江迟","野旷天低树,江清月近人","日落江湖白,潮来天地青"。后来读林文月《山水与古典》,才知道谢灵运早就用过这样的句法,如"野旷沙岸净,天高秋月明","石横水分流,林密蹊绝踪","崖倾光难留,林深乡易奔"。

这样的溯源工作说明两点:

(1)唐人用"脱胎换骨"的手法套用前人的词汇、句法。他们重视的修辞手段也是我们重视的。

(2)《文心雕龙·明诗》:"宋初文咏,体有因革,庄老告退,而山水方滋;俪采百字之偶,争价一字之奇。""俪:对偶","百字:五言诗二十句,指全篇"。此句说,六朝时候的骈文以及五言诗讲究全篇的对偶藻采,争取一句的奇突警策。前面说过"等值原则"是语言的两大结构原则之一。六朝时候的诗文讲究对偶,当时的文士在对偶中隐隐约约地体会到"等值原则",又因与梵文接触而对自己的语言产生自觉,于是把"等值原则"用在对偶中的问题、句法,逐渐波及双声、叠韵。谢灵运《登永嘉绿嶂山》、《登石门最高顶》是十韵。《文心》这段主要是讲宋初谢灵运、颜延之等人的"体有因革"。

沈约《宋书·谢灵运传论》是永明体的宣言。先说"若前有浮声,则后须切乡;一简之内,音韵尽殊,两句之中,轻重悉异。妙达此旨,始可言文",后说"骚人以来,此祕未覩。……潘、陆、谢、颜,去之弥远。"沈约不啻在说,谢灵运的诗美则美矣,可惜也不懂声律。刘勰是支持声律的。《梁书·刘勰传》:"勰自重其文(《文心雕龙》),欲取定于沈约。"《文心雕龙·声律》:"凡声有飞沉,响有双迭。……沉则响发而断,飞则声飏不还。"又说"故外听之易,弦以手定,内听之难,声与心纷,可以数求,难以辞逐"。一方面肯定四声在诗中的搭配应该像"五色相宣,八音协畅",另一方面承认具体的搭配规律还没有定案。《明诗》和《声律》、《丽辞》一起读,大致可以说明永明体方兴未艾之际的契机和窘迫。

声律是怎样兴起的?永明体为什么不早不晚在永明七年(公元489)前后兴起?陈寅恪先生在《四声三问》指出:"永明七年竟陵王子良大集善声沙门于京邸,造经呗新声。……建康之审音文士及善声沙门讨论研求已甚众而且精。"审音文士是指竟陵八友:沈约、谢朓、王融、萧琛、范云、任昉、陆倕、萧衍(梁武帝)。后来读周祖谟先生的《切韵的性质和它的音系基础》(《问学集》,434—473页),此文具体说明"江东取韵,与河北复殊",《切韵》是金陵(江东)音和邺下(河北)音的合拼折中。周文说明鱼虞模三韵分用举例用沈约、何逊两家,说明尤幽韵分用举例用刘勰《文心雕龙》诸子篇赞,封禅篇赞。周文还说:"另外,刘勰也是沈约所赏识的人。勰为东莞莒人,也居京口。所著《文心雕龙》列有声律一篇,与沈约所提倡的完全符合,如桴鼓之相应。《文心雕龙》五十篇,篇篇有赞,而且用韵很严格。"周先生给我的启示有两点。一、审音文士在建康审什么样的音?一是分韵。二是四声在骈文及五言诗中的搭配。二、刘勰是沈约的忠实信徒。《文心雕龙》是永明体兴起前后的写照。

《南史·陆厥传》记:"(永明)时盛为文章,吴兴沈约,陈郡谢朓,琅玡王融以气类相推毂。汝南周颙善识声韵。约等文皆用宫商将平上去入四声。以此制韵,有平头、上尾、蜂腰、鹤膝;五言之中,音韵悉异,二句之内,角徵不同,不可增减,也呼为'永明体'。"隋代《中说·天地》篇载:"下述沈、谢,分四声八病,刚柔清浊,各有端序……"这些虽然是权威性的叙述,但有两点费解。一、"平头"、"上尾"等声病和声律有什么关系?二、为什么"平头"、"上尾"等要叫作"声病"?

日本学者高木正一《六朝律诗的形成》(郑清茂译,《大陆杂志》,1956)大致解答了第一个问题。高木氏参照《文镜秘府论·文二十八种病》中所说的"平头"、"上尾"、"鹤膝""第二字与第四字同声,亦不能善"等,把律诗的声律拆成若干小律,然后逐条考察这些小律的形成时代。结论是:(1)律诗在梁简文帝(公元550年)时已经形成,庾肩吾的《侍宴》就是一首工整的五律。(2)王融、谢朓是永明体的功臣,尤其是谢朓永明体的五言诗,其中山水诗承继大谢,咏物诗、宫体诗则是开启下一代的文风。(3)齐梁体的功臣有庾肩吾、庾信父子、徐陵、梁简文帝萧纲等。

至于第二问题"平头、上尾等为什么叫作声病",我和梅维恒(Victor Mair)合写的《梵文诗律与诗论对律诗声律形成之影响》(载《哈佛亚洲研究学报》1991年第51期)曾经做过若干推测。这篇文章指出:(1)公元前后的梵文《舞论》已经把文病、声病分门别类,叫做dosa"瑕疵、污点、病",这就是"四声八病",《文二十八种病》中"病"、"文病"、"声病"这个观念的来源。(2)梵文中的长短音在诗律中叫"轻重音"(梵文 laghu"轻",guru"重")。沈约"两句之中,轻重悉异"的"轻重"相当于后代的"平仄",来源是梵文诗律中的"轻重音"。(3)公元550年以前的翻译佛经,原文中最常用的音律是sloka,意译为"颂",音译"首卢迦",由四个音步(pāda)组成,每个音步八个音节,一共三十二个音节。这是律诗绝句句数的来源。

总之,用《文镜秘府论》保存的《论病》、《文二十八种病》、《文笔十病得失》可以说明声律的起源和发展。我看到《论集》125页以下谈到《文镜秘府论》的"定位"、"入作"、"落句"不禁拍案叫好。按照友工的说法,律诗的起承转合可以用《文镜》的"入作"、"落句"来讲。律诗绝句的境界可以用《文镜》的"物境"、"意境"、"情境"来讲。也许可以说,《文心雕龙》反映永明体的方兴未艾,《文镜秘府论》反映齐梁体到近体诗的发展。

文类是汇集而形成的传统。《论集》122页写道:"六朝到隋唐的连续性最好可以从律诗的建立上来看。我们也许会因为律诗的特殊性就以为这是一个唐代独创的诗体。但仔细上溯其前身就可以清楚地看到汉末五言诗,经由南朝山水诗、齐梁体、咏物诗发展,最后七八世纪之际律诗正是这个时代的产物。"永明体、齐梁体是五言诗的形式,山水、咏物、宫体、咏怀是诗的内容。律诗作为文类就是形式和内容互为体用而发展出来的传统。

译 后 记

学文学批评史的搞翻译，这本来就有一点勉为其难，况且这种学术著作，理论性强、涉及面广，对于译者来说，的确是一件需要花很大气力的工作。回想起来，从初萌此意到现在付梓成书，这当中若无许多良师的热情鼓励和大力帮助，本书的完成是很难想象的。

在本书的翻译过程中，叶嘉莹先生自始至终给予了悉心的关注和多方面的指导。从篇目选定到联系出版，从原文理解到译文表达，翻译工作的每一环节无不凝结着叶先生的心血；她不仅在百忙之中亲自校读了本书的部分译稿，对其中的不妥之处作了修改和润色，而且扶病为本书写了热情洋溢的序文。[1]所有这一切，充分表现了叶先生对后生学子关怀提携的一片苦心，表现了她振兴祖国学术事业的拳拳之意。

本书所涉及的国外语言学理论，是翻译过程中所遇的难题之一，在这方面，南开大学中文系教授刘叔新先生给予我们以很大的帮助，他不仅热情地为我们解决了各种语言学问题，而且亲自校改了其中的部分译文。此外，中文系臧传真教授也从翻译技巧方面给我们以不少教益。这些老师们的一片热忱，对我们的翻译工作的确是极大的鼓励和推动。

这里，我还必须提到我的导师、南开大学中文系教授罗宗强先

---

[1] 叶嘉莹序见《唐诗的魅力》（上海古籍出版社，1989）。——编者注

生。罗先生在中国文学批评史的研究方面,造诣精深,成果丰硕,是国内瞩目的中年学者。尤其可贵的是,他对于近年来流行的各种新方法和新理论从不简单排斥,主张在真正弄通弄懂这些新兴理论的基础上,大胆而慎重地引用。以期为古典文学的研究开辟新的领域。在本书的翻译过程中,他多次过问进展情况,并在许多具体问题上给予了无微不至的关怀和帮助。这对于本书的完成是非常重要的支持。

最后,我还应该感谢出版社的同志。因为这是我的第一本译著,其中疏漏之处很多,编辑同志对此都耐心地予以指正,帮助我顺利地完成了全书的修改工作。

现在,书就要出版了,欣喜之余,我又想起了那些令人难忘的往事,感慨万千,遂作此记,谨向那些给予我教诲与鼓励的老师们致以衷心的感谢。

李世跃

1988年4月于南开大学

新版译后记

《唐诗三论》收录了美国普林斯顿大学高友工教授和康奈尔大学梅祖麟教授合作的三篇论文:"Tu Fu's 'Autumn Meditations': An Exercise in Linguistic Criticism" (*Harvard Journal of Asiatic Studies*, Vol. 28, 1968); "Syntax, Diction, and Imagery in T'ang Poetry" (*Harvard Journal of Asiatic Studies*, Vol. 31, 1971); "Meaning, Metaphor, and Allusion in T'ang Poetry" (*Harvard Journal of Asiatic Studies*, Vol. 38, 1978)。最初的中文译本名为《唐诗的魅力》,是上海古籍出版社1989年出版的,转眼之间,二十五年已经过去了。

本书的翻译出版,缘自笔者当初负笈南开大学时,师从叶嘉莹先生的那段难忘际会。是叶先生的耳提面命,使当初那个蒙沌初开的后生小子有幸接触到当代西方文学批评的理论;又是叶先生的穿针引线,和高友工、梅祖麟二先生的慨然应允,使得译者少年轻狂的冒昧唐突成就了一段回味久长的学术梦想。这次出版方打算重新出版高友工、梅祖麟先生著作时,据说又是承蒙高、梅先生错爱,充分肯定了译者当年青涩的译文,并再次提供版权使用。出版方又经叶先生的介绍,颇费周折地联系到译者,促成了本书时隔四分之一世纪之后的重新面世。一本学术著作,居然牵扯出太平洋两岸三位学术前辈和一个晚辈后学的如此因缘,说来不禁让人感慨系之。

二十世纪八十年代的中国,正处在一个激情洋溢的时期,学术思想也十分活跃。随着国门的开启和禁锢的破除,各种各样的西方学术思潮涌入国内,令人应接不暇,结构主义和符号学批评理论就是其中的重要一支。这一理论学派与雅各布森(R. Jakobson)、索绪尔(F. Saussure)、列维-斯特劳斯(Lévi-Strauss)这些著名西方学者的名字紧密联系,他们主张把文学批评的焦点锁定在文本的语言形式上,认为作品的形式因素(语言结构、修辞、音律等)不仅是表达内容的工具,其本身也在参与内容的构成。于是,对作品各项形式因素的分析就成为至关重要的研究任务。

在服膺了多年的社会学批评之后,这种过去常被指斥为"形式主义"的研究方法,不仅让人耳目一新,而且别有一番滋味。由于汉语是单音节的语言结构,词汇的丰富和词义的复杂,语序对意义的构成具有重要影响。这对于结构主义和符号学批评来说,是难得的解剖对象。对声律的协调、字句的锤炼、结构的布局、修辞的安排使得汉语古典文学的文本成为适合燕卜荪(W. Empson)和瑞恰兹(I. A. Richards)理论实践的最好范本。对于中国古典文学的精微之处谙熟于心的高友工、梅祖麟两位先生运用语言学、符号学理论对唐诗的精彩分析,不仅堪称语言学批评的杰出典范,也为历史悠远的中国古典文学研究开了一个新生面。时至今日,它的典范和开拓的价值依然不应忽视。

美国著名诗人庞德(Ezra Pound)对中国古典诗歌十分倾倒,中国古典文学中的意向和隐喻曾给他的创作带来明显的影响。他那首最著名的属意象派名作《地铁车站》就用寥寥十四个字,勾画了一副经典的场景:"这些面庞在人群中幻景般闪现;湿漉漉的黑树枝上花瓣数点(The apparition of these faces in the crowd;Petals on a wet, black bough.)"。在这里,"湿漉漉的黑树枝上花瓣数点"让那些"浮现的脸庞"变得鲜活生动;而相关意象的选取,则暗含了作者微妙的态度。而类似的意象组合,在汉语中,尤其是古典诗歌中则是俯拾皆是,例如:"波漂菰米沉云黑,露冷莲房坠粉红"、"香稻啄余鹦鹉粒,碧梧栖老凤凰枝"、"月落乌啼霜满天,江枫渔火对愁眠"、"泉声咽危石,日色冷青松"、"香雾云鬟湿,清辉玉臂寒"……所有这些我们司空见惯诗句,在高友工、梅祖麟两位先生的分丝剖缕的解析下,展示了许多在人们习惯性阅读中被有意无意忽略的信息,也为古往今来的许多传统审美体验找到了可查证的语言学依据,会心之处,常常让人有一种"原来如此"的了悟,恍然之间,确实加深我们了对唐诗魅力的领会。

此番新版,译者没有对当年的译文做大的改动,首先是因为原来的译本已得到高、梅二先生的认可,二来也是为了保留当年的那点青涩的记忆。好在大体上还算文通字顺,也就请读者见谅了。

再次对叶嘉莹先生、高友工先生、梅祖麟先生致以深深的感谢。人的一生,能够遇到这样的师长是一种很难得的幸运,过去如此,现在更是如此。

李世跃

2013 年 5 月于京城

图书在版编目（CIP）数据

唐诗三论：诗歌的结构主义批评／（美）高友工，（美）梅祖麟著；李世跃译．—北京：商务印书馆，2013(2019.11重印）
ISBN 978-7-100-10083-0

Ⅰ.①唐… Ⅱ.①高… ②梅… ③李… Ⅲ.①唐诗-诗歌研究 Ⅳ.① I207.22

中国版本图书馆CIP数据核字（2013）第140460号

权利保留，侵权必究。

唐诗三论
——诗歌的结构主义批评
〔美〕高友工 〔美〕梅祖麟 著
李世跃 译

商 务 印 书 馆 出 版
（北京王府井大街36号 邮政编码100710）
商 务 印 书 馆 发 行
山东临沂新华印刷物流集团
有 限 责 任 公 司 印 刷
ISBN 978-7-100-10083-0

2013 年 10 月第 1 版　　开本 889×1194　1/32
2019 年 11 月第 2 次印刷　印张 7⅝
定价：39.00 元